Zu diesem Buch

In einer Sprache, die sich mühelos zwischen Abstraktion und Sinnlichkeit bewegt, entwickelt Nádas seinen eigenen Begriff vom Wesen der Liebe. Die immense Belesenheit des Autors, seine hohe Sensibilität und die luzide Logik seiner Überlegungen machen diesen Essay zu einer Lektüre, die nicht nur Leser seines «Buchs der Erinnerung» in ihren Bann ziehen wird.

Péter Nádas, geboren 1942 in Budapest, wurde im Alter von sechzehn Jahren Waise. Er arbeitete als Fotoreporter und Journalist. Heute gehört er zu den wichtigsten Schriftstellern Europas. 1992 erhielt er den Kossuth-Preis, die höchste ungarische Auszeichnung für Kunst und Literatur. Für sein «Buch der Erinnerung» wurde er mit dem österreichischen Großen Staatspreis für Europäische Literatur ausgezeichnet.

Weitere Informationen zum Werk des Autors finden sich im Anhang dieses Buches.

I

ABBILDER VON URBILDERN

SEITDEM DER MENSCH existiert, ist er sich selbst zur Betrachtung gegeben. In Wahrheit betrachtet er seit Jahrtausenden nichts anderes als sich selbst.»

Es fiele mir schwer zu erklären, warum ich gerade diese sanft intonierten Sätze Teilhard de Chardins zum Gegenstand meines Grübelns gemacht habe. Bei der starken Wirkung, die diese beiden Sätze beim Lesen und dem sich anschließenden Nachdenken auf mich ausübten, ist gewiß die Tatsache von Bedeutung, daß sich der eine Satz wie des anderen Spiegelbild verhält. Auch ich habe mir immer gewünscht, Sätze zu schreiben, die sich zueinander wie Spiegel verhalten. Einmal stellte ich mir zum Beispiel vor, ich nähme eine bestimmte Anzahl von Wörtern und ordnete sie fortlaufend so zu Sätzen, daß sie einander stets anblickten und ihrem wechselnden Ort gemäß je etwas anderes bedeuteten. Natürlich könnte ich mich fragen, warum ich solche, sich wie Spiegel zueinander verhaltende Sätze schreiben möchte. Und wenn ich das frage, spiegelt sich nicht schon in der Frage das stumme Verlangen nach Spiegelung wider?

Das Wort Spiegelung ruft aus der Tiefe der Erinnerung ein stummes Bild hervor, das Bild unberührten, durch nichts getrübten Wassers. Unter den vier Elementen ist einzig das Wasser des Zaubers fähig, von den drei anderen ein Bild hervorzubringen. Und sicherlich folgt der Mensch diesem Urbild, wenn er aus der Erde gewonnene Siliziumkristalle zum Schmelzen bringt. Wer Spiegelglas fertigt, das kein Wind kräuselt, hofft, seinem Verlangen nach Spiegelung Beständigkeit zu verleihen. Das beständige und ständige Verlangen aber kann nichts anderes sein als das Erinnern an ein Begebnis – der Begegnung des Menschen mit dem Urspiegel und dem Spiegelbild seiner selbst. Doch ob er vorher schon Mensch war? Er müßte ja auch vordem schon als ein Wesen existiert haben, das die Fähigkeit zur Erinnerung besaß. Denn hätte er sie nicht besessen, wie sollte er sich erinnern können, etwas begegnet zu sein, dem er von da an dieses Wesen zur Betrachtung darbietet, um darin seither das Ebenbild seiner selbst zu sehen.

Die Fähigkeit des Erinnerns ist freilich nicht an Selbstbetrachtung gebunden. Die Selbstbetrachtung folgt in gleicher Weise aus dem Sehen wie jedes andere Betrachten. Wir können uns ganz gut einen Menschen vorstellen, der sich noch nie irgendworin gespiegelt sah, sich aber dennoch erinnert. Die Tiere erinnern sich ja auch, denn sie sehen und tasten, riechen und hören. Konfrontieren wir aber einen Hahn mit seinem Spiegelbild, so greift er, da er einen bedrohlich stummen Hahn erblickt, den Spiegel allenfalls an. Trifft es zu, daß ich mich mit dem Begriff Mensch von allen anderen beseelten Wesen erst abgrenze, seitdem ich das Erlebnis von der Machbarkeit eines Bildes von mir selbst habe, so trifft es auch zu, daß das Erinnern eine Urform haben muß, die nicht durch das Verklammern von Bildern und Begriffen funktioniert. Kann der stumme Hahn dem allmorgendlich schrill tönenden Hahn denkender Gefährte oder sein denkender Widersacher sein? Den Namen Mensch aber gibt es aller Wahrscheinlichkeit nach erst, seit sein durch das Verklammern von Bildern und Begriffen funktionierendes Erinnerungsvermögen jene Urform des Erinnerns *überdeckt* oder *ersetzt*, die mit Sicherheit auch unabhängig von diesem funktioniert.

Das klingt, als wollte ich sagen, daß er als Mensch genanntes Wesen erst existiert, seitdem er sich in der Vielfalt anderer lebender Wesen durch das Verklammern von Bildern und Begriffen auch von sich selbst abgrenzt, und ohne diese Besonderheit nicht existiert. Darauf aber kann das Echo nur antworten: existiert. Zumindest soviel wird auch die die Urform des Erinnerns überdeckende *abgegrenzte Erinnerung* antworten. Doch seit wann ist seitdem? Das Echo kann auch nur zurückfragen: seit dem? Verknüpfst du nun die Begriffe Jahr und Tausend damit und rufst dem Berg zu: Wahrlich seit Jahrtausenden – seitdem, so wird das Echo auf die gewagte Äußerung nichts anderes antworten: seitdem.

Wenn im ersten Satz von Teilhard de Chardin der auf Abgrenzung bezogene Begriff etwas vage ist, weil der Autor das Vorangegangene mangels Erinnerung nicht abzählen kann, kann er im anderen Satz auch nicht viel eindeutiger sein. Wie ich auch nicht imstande gewesen wäre, die Zahl der Wörter anzugeben, die sich in meinen idealen Spiegelsätzen hätten anfinden müssen. Dazu hätte ich nicht nur die Zahl aller existierenden Wörter kennen, sondern auch wissen müssen, welche Wörter es sind, die wir als Urbilder der Wörter anzusehen haben, deren Spiegelbilder alle anderen Wörter sind. Auch Teilhard de Chardin kann nicht anderes sagen als seitdem, seither, seit der Mensch in dem sich darbietenden Anblick des eigenen Bildes sich selbst betrachtet, existiert er ohne dieses Abbild zumindest als Mensch nicht. Der Mensch, von dem er spricht, kann zum Beispiel nicht so sein, wie er war, als es von ihm noch kein Bild gab, doch er muß seit Jahrtausenden mit dem identisch sein, der er wurde, als er sich selbst im eigenen Abbild zu erkennen glaubte.

Jenes Bild, das sich der aus der Vielfalt der beseelten Wesen heraushebende MENSCH von sich selbst macht, ist das Abbild seines seit Jahrtausenden existierenden Bildes. Und seitdem bewahrt seine Erinnerung in Bildern und Begriffen, die sich zueinander wie Widerhall und Spiegelung verhalten, nicht das Wasser, sondern das Bild des Wassers, nicht das Bild der Spiegelung, sondern den Begriff Spiegelung, und in ihnen ist, wie die Urmücke im Bernstein, die Geschichte all dessen eingeschlossen, was zu dem Urerlebnis führte. Diese Geschichte verbildlicht den Vorgang, wie der Mensch auf die begrifflichen Spiegelbilder der Dinge kam. Auch die Geschichte ist nicht das Begebnis selbst, sondern ein Abbild davon.

Ovid erzählt im Dritten Buch der *Metamorphosen*, wie das Begebnis in der Spiegelkonstruktion, die Bild und Begriff als Abbild voneinander verklammert, Gestalt annahm. Er beginnt mit dem Wasser, genauer, mit zweien. Von zwei Bächlein spricht er, dem «Blauwäßrigen» und dem «Krummläufigen». Das mit dem blauen Wasser fließt ganz gewiß geruhsam dahin, sonst könnte es nicht schwer sein vom Blau des Himmels, wogegen es für das mit dem krummen Lauf keineswegs charakteristisch ist, irgend etwas in sich zu spiegeln; es schäumt und rauscht in seinem steinigen Bett, und so, nur von den Unebenheiten des Flußbettes gelenkt, stürzt es sich auf den Leib des Blauwäßrigen und umschließt es mit seinem Schaum.

In Äonien, jener von engen Tälern durchzogenen Gebirgsgegend, an deren südwestlichem Rand der Helikon anderthalbtausend Meter hoch aufragt, sind die beiden jedem wohlbekannt. Die blauwäßrige Liriope und der krummläufige Cephisus. So wie auch jeder seitdem wohl weiß, daß unruhig ist und zu unbedachtem Handeln, ja zu Gewalt neigt, wem es an Selbstbetrachtung mangelt, während jemand, der noch ein Abbild in sich trägt, gemächlicheren Ganges ist, in seinem Tun weniger heftig und der Gewalt weniger zugeneigt, denn nur mittels seines Ebenbildes vermag der Mensch, sich sich selbst zuzuwenden. Die einleitenden Verse Ovids verdienen nicht nur deshalb unsere Aufmerksamkeit, weil er in der Art der Menschen dieser Gegend das eine Bächlein mit einem weiblichen, das andere mit männlichem Namen benennt; sondern wenigstens ebenso interessant ist, wie er den Zeitpunkt ihrer Vermählung angibt. Es heißt bei ihm: einst. Als hätte sich weder davor noch danach je ereignet, was mit Flüssen, die sich ineinander ergießen, immer geschehen muß. Die beiden Namen bestimmten Geschlechts gehen nicht weniger unsicher in die Ewigkeit ein, als der unbestimmte Zeitpunkt aus ebendieser heraustritt.

Jedenfalls wird Liriope zu der Zeit, die Ovid einst nennt, schwanger und gebiert Cephisus' Sohn. So entsteht aus der Vereinigung zweier Wasser etwas, was nicht Wasser ist, was sich aber, wie sich später herausstellen wird, gegen das, aus dem es als Unterschiedenes hervorging, dennoch nicht endgültig abgrenzen kann. Doch wer hat seitdem je so etwas gehört, daß aus der Verbindung von Wasser mit Wasser kein Wasser entstünde? Und wenn seitdem nicht, wieso gerade damals – einst? Schließlich haben sich die beiden Flüsse auch vordem immer schon vereinigt, ganz und gar und unaufhörlich, und tun auch seither nichts anderes. Hat sich nicht hier aus dem unbewußten Geschehen die Geschichte des Selbstbewußtseins abgezweigt? Denn wenn weder vorher noch seitdem dergleichen geschehen ist, dann ist es nicht unbegründet, daß wir mit Ovid dem, was *einst* geschah, besondere Bedeutung beimessen. Löst sich im Bild von der Geburt des Narziß nicht etwas von dem vor der Erinnerung Liegenden ab, etwas, das von der Erinnerung durch den Begriff Metamorphose zwar benannt wird, von dem sie aber nicht mehr heraufholen kann als einen Namen, ein Ebenbild ihrer selbst als Begriff, ein Spiegelbild des ursprünglichen Objekts oder des ursprünglichen Vorgangs?

Die neugierige Liriope fragt sogleich, ob es Cephisus' Sohn bestimmt sei, die Reife des Alters zu erleben. Die Antwort des greisen Sehers lautet: «Wird er sich selbst nicht schauen!» Liriopes Frage ist natürlich ebenso unbegründet und unbegründbar wie die Antwort des greisen Sehers. Denn war Liriope vor der

Zeit des Einst dieser Geschichte nichts anderes als blaues Wasser, das also in sich nichts anderes als des Himmels Blau abzubilden vermochte, so wie Cephisus von nichts anderem ein Bild zurückwerfen konnte als von seinem Bett, und vollzog sich ihre Vereinigung ganz und gar und unaufhörlich wie auch ihr ständiges und ihrer Eigenart gemäßes Fließen, so kann jene Frage für sie gar nicht erst entstehen.

Eher ließe sich sagen, daß es Ovid ist, der in dem mit der Geburt des Narziß eingetretenen neuen Zustand die Frage stellt, die Liriope weder damals noch zuvor hat stellen können; aber sowenig wie sich Ovid an den alten Zustand, an die Vorgeschichte zu erinnern vermag, kann auch Liriope nicht vom Künftigen, der Nachgeschichte sprechen, denn dies wird erst durch die Geschichte von der Geburt des Narziß von Ovid begriffen, und so wird er vom Nachfolgenden sprechen können. Darüber sprechen kann er aber nur, wenn es ein Wesen gibt, das sich in den durch die Verwandlung verklammerten Zuständen von Vorhergehendem und Folgendem, im Alten wie im Neuen ungehinderter als er selbst bewegt, und das ist der Seher.

Andererseits wiederum ist auch Liriopes Frage, was das Vorhergehende betrifft, begründbar und begründet: bedenken wir, daß Quellen gelegentlich auch versiegen, die Betten großer Flüsse austrocknen, derweil andernorts andere Wasser hervorquellen, andere trockene Täler sich mit ihnen füllen, und daß auch dies seine eigene Zeitrechnung hat, auch wenn diese andere Zeitrechnung sicherlich nicht nach Art der Beziehung von Begriff und Bild, Erlebtem und Erzählung funktioniert oder Spuren von sich hinterläßt. In der Sprache der Folgen kann auf das Vorausgegangene, das keine eigene Sprache hat, hingewiesen werden.

Was an sich existiert, bedarf nicht der Erklärung seiner selbst. Damit Narziß geboren wird, muß es Liriope und muß es Cephisus geben, es muß Wasser und Wasser geben, doch das eine Wasser muß zumindest den Eigenschaften nach anders als das andere sein. Ohne dies Andere haben sie keine erzählbare Geschichte.

Und so verstanden, irren auch die Bewohner des Tals am Helikon nicht, wenn sie in der Sprache der Folgen von dem einen als einer Frau und vom anderen als einem Mann sprechen. Sie folgen, indem sie so sprechen, der Erfahrung, die sie lehrt, daß in seiner Wesensstruktur miteinander Identisches, nach seinen Eigenschaften voneinander Unterschiedenes sich vereinigen muß, damit ein nach seinen Eigenschaften von ihnen unterschiedenes Anderes geboren wird, das in der Wesensstruktur doch mit seinem Ursprung identisch ist. Sie erklären den Begriff Verwandlung mit der Erfahrung der Geburt. Und davon kann auch Ovid nicht anders sprechen, als die Bewohner des Tales am Helikon es taten, wiewohl sie gerade davon, seit wann und warum so gesprochen wurde, keine Vorstellung hatten, auch davon nicht, welches Erlebnis sich in dem Begriff Verwandlung abbildet, der allen anderen Begriffen widerspricht, und von alldem hat auch Ovid, obwohl er von Wesen weiß, die auf Fragen dieser Art Antwort geben, nur eine ungefähre Vorstellung. So können wir die Geschichte von der Geburt des Narziß nicht anders als das In-Erinnerung-Rufen des Ebenbildes einer Erfahrung begreifen, an die wir uns in Wirklichkeit qua Analogie erinnern. In diesem Fall ist es eher die Art, wie sie erinnert wird, die jene Erfahrung als Geschichte aufbewahrt, deren ursprünglicher Gegenstand nur als Gleichnis bewahrt zu werden vermochte.

Im Begriff der Verwandlung spricht eine Welt zu uns, in der Stoffe und Energien weder nach Geschlecht noch nach Eigenschaften, ja nicht einmal der inneren Struktur nach unterschieden sind, so daß es möglich ist, daß eines sich ins andere verwandelt, indem es sich in die Form des anderen kleidet oder indem eines die innere Struktur des anderen annimmt. Die Dinge, Wesenheiten und Erscheinungen dieser Welt sind nicht imstande, an ihren Eigenheiten festzuhalten, weil das, was sich in dem einen oder in dem anderen manifestiert, sei es als Ganzes oder als Teil, als Ähnliches, Unterschiedenes oder als Identisches, weder etwas bedeutet noch von Bedeutung ist. Würde es etwas bedeuten oder von Bedeutung sein, so könnten sie sich nicht ineinander verwandeln. In dieser, im Vergleich zu unserer könnte man sagen: anderen Welt gibt es Sinneswahrnehmungen und Empfindungen, doch sie haften nicht nach den Regeln der Abgrenzung der Eigenschaften aneinander, sondern gerade anders. Jeder kann die Launen dieser anderen Welt in sich wachrufen, wenn er an seine Träume oder Fieberphantasien denkt. Auch Vision und Vorahnung, Intuition und Synchronizität haben uns aus dieser anderen Welt herüberbegleitet. Und eben daran erinnern uns im Bild des Narziß das

Verlangen nach Spiegelung und das Sich-darin-Verirren.

Ein menschliches Wesen, das sich in seinem sechzehnten Lebensjahr weder zu den Jünglingen noch zu den Mädchen, sondern unbewußt zum Ursprung seiner selbst hingezogen fühlt, würden wir heute für schwer neurotisch halten und, wenn auch schlechten Gewissens, von der Welt der als normal geltenden Menschheit absondern. Narziß hat sich aus etwas in jemand verwandelt, wenn er aber außer dem, wozu er geworden ist, noch etwas entdecken sollte, wird er die Reife des Alters nicht erreichen. Oder vielmehr, und das müssen wir aus den Worten des greisen Sehers geradezu als Drohung heraushören, er wird dieses Alter auch dann nicht erreichen, wenn er etwas als sich selbst benennen sollte. Denn sollte er das eigene Spiegelbild als sich selbst begreifen, würde er sich gehörig irren, er hätte vergessen, daß er sich aus etwas in jemand verwandelt hat und nur den sehen kann, der er geworden ist. Wenn es ihm dagegen wirklich und nicht nur dem Anschein nach gelänge, sich in seinem Spiegelbild zu erkennen, dann würde er die Verwandlung zunichte machen, damit würde er sein abgegrenztes Selbst wieder auflösen, und damit hätte sein ganzes Tun auch keine Bedeutung mehr, denn er wäre wieder in jene Welt zurückgetreten, die er durch die Metamorphose verlassen hat. Erkennt er sich aber nicht wirklich, lernt er wohl die Reife des Alters kennen, wird aber mit seinem größten Begehren so wenig etwas anfangen können wie mit den Mädchen und Jünglingen und mit jener Welt der nach Geschlecht, Eigenschaften und innerer Struktur getrennten Dinge, Wesenheiten und Erscheinungen, wo es natürlich nicht mehr möglich ist, sich aus etwas in jemand zu verwandeln: aus etwas und durch etwas zu jemand zu werden.

Einige Jahrtausende später ist Teilhard de Chardin bei seinem Rückblick auf die nun Jahrtausende währenden Selbsterkennungsversuche doch einigermaßen unsicherer als Ovid, obwohl auch dieser den Blick auf das, was vor dem Einst war, richten muß, um in das Einsicht zu gewinnen, was in jener anderen Welt Voraussetzung dafür war, daß aus etwas und durch etwas jemand hervorging.

Der Rückblick auf den Ursprung ist für beide Zwang und Begehren, Verlangen und Versuchung in ähnlicher Weise wie für Narziß in Ovids Geschichte vom Wasser und der Spiegelung. Anders gesagt, in Begriffen und Struktur der beiden Sätze Teilhard de Chardins erscheint notwendig das Bild des Narziß, wie ein Ebenbild jener Geschichte, die Ovid Jahrtausende vorher erzählt hat, so wie sie ihm zuvor in jenem Tal am Helikon erzählt wurde, dessen Bewohner einst nach dem eigenen Ursprung suchten.

Dieses Begriffssystem ermöglicht, das Einst jahrtausendelang vor sich herzuschieben. Was wir mit Hilfe unserer Archäologie und Anthropologie denn auch bis auf den heutigen Tag fleißig betreiben. Der Begriff einst markiert die Grenze zwischen dem Gestern und dem Verbotsschild der Verwandlung, einem Gleichnis für ein Ereignis, an dessen Ursprung, ob Objekt oder Erlebnis, sich gerade infolge der Begriffsstruktur narzißtischen Denkens weder Teilhard de Chardin noch sonst jemand erinnern kann. Wenn Ovid versucht, die Geburt des Narziß durch jenes unanfechtbare, weil durch Erfahrung weder damals noch seither näher verifizierbare Einst zu bestimmen, muß er die Bilder, in denen noch ein Ebenbild vom Urerlebnis erzählbar ist, weit über die Grenzen des Erinnerns hinaus zurückversetzen. Ist das Werden eines Leibes aus zwei Wassern möglich, geht es, so sagt er sich, vielleicht auch umgekehrt, und der Leib kann sich in Stein verwandeln. So geschieht es Echo, als sie in Liebe zu dem Sechzehnjährigen entflammt, den es weder zu den Mädchen noch zu den Jünglingen drängt. Und mit der Geschichte von Echo gewinnen wir ein wenig mehr Einblick in jenen Zustand, dessen Wesen die Verwandlung ausmacht und eben daher nicht seine Grenze.

Echo ist ein weibliches Wesen. Eine Nymphe. So ist es «von Juno gewirkt», was bedeutet, daß Echo ihr Dasein der launischen Natur der unsterblichen Götter verdankt. Sie wurde nicht geboren, und sie altert auch nicht. Ewige Jugend bleibt ihr eigen, solange sie sich nicht in etwas anderes verwandelt; was so natürlich noch nicht Unvergänglichkeit ist, doch gewißlich die Anlage dazu, verkörpert in etwas oder in jemandem. Ovid erzählt weiter, daß Echo bei der Begegnung mit Narziß «noch Leib war». Ein leibliches Wesen, das selbst nicht über die Fähigkeit der Begriffsbildung verfügt, denn sie ist nichts als eine Art Ableger der Juno. Nun «verdoppelt Echo der Reden Ende und trägt nur die Worte zurück, die sie gehört hat», und sie kann nicht reden, bevor nicht andere reden.

Dank der geschilderten Umstände sind wir in der

Lage, Wesensart und Eigenschaften Echos ziemlich genau zu beschreiben. Sie ist so beschaffen, daß sie, obwohl Leib, ohne einen anderen nicht existiert. Ein Ebenbild desjenigen, der spricht, dem Schweigenden aber bleibt sie verborgen. So verstanden ist sie ein Gleichnis für jenes Urerlebnis der Spiegelung, das mit dem Urerlebnis der Bild-Schöpfung jedoch nicht identisch ist. Niemals könnte sie Abbild ihrer selbst sein, und von etwas Derartigem kann sie ihrer Natur gemäß auch gar keine Vorstellung haben, denn obwohl sie über die Fähigkeit des Sehens verfügt, also zu Sinneswahrnehmungen und Empfindungen und somit Erlebnisse zu haben fähig ist, besitzt sie doch nicht die Gabe der Bildschöpfung und kann eben deshalb tönendes Abbild derjenigen sein, die über dergleichen verfügen. Es ist ihr nicht gegeben, an und für sich Dasein zu haben, denn sie hat von sich selbst auch dann keine Vorstellung, wenn ein anderer diese hat. Wenn ihr Begehren sich erfüllt, wird sie so sein und so lange, wie dieser andere und solange er ist, doch nicht vordem und nicht danach. Sie kann jedermanns Abbild sein, doch nur eines, das kein bildhaftes ist. In dieses verwandelt sie sich durch etwas Anderes, doch obzwar sie sich von dem Anderen wenn auch nicht das Bild, so doch die Stimme borgt, wird sie dadurch noch nicht zu jemand. Bedingung ihres Daseins ist, daß ein anderer eine in Worte gefaßte Vorstellung hat von jenem Sein, von dem sie keine Vorstellung besitzt.

Unvermeidbar taucht da die Frage auf, ob es sich hier nicht um zwei unterschiedliche Seinsweisen handelt, die sich in delikater Weise ineinander spiegeln.

Den Worten Ovids können wir mit aller Bestimmtheit entnehmen, daß Echo schon vor Narziß da war; sie muß schon vor dem besagten Einst existiert haben, da wir Wesen und Eigenart von ihr dahingehend deuten können, daß sie ein Gleichnis ist für jenen, der Geburt des Narziß vorausgehenden menschlichen Zustand, vielleicht ein letzter Sendbote jener anderen, früheren Welt, in der sich Sinneswahrnehmungen und Empfindungen nicht nach den Regeln eigenschaftsbedingter Abgrenzung miteinander zur Erfahrung verklammern. In einer Welt, in der auf keinen Fall irgend etwas für sich existieren kann und so das Andere alleinige Bedingung des Daseins ist, stellt sich die Frage überhaupt nicht, ob jemand er selbst oder nicht er selbst ist, und somit haben weder Spiegelbild noch Abbild irgendeine Bedeutung. Gerade von Ovid wissen wir, daß es einen Spiegel zwar gab, denn auch vor der Geburt des Narziß gab es «rein von Schlamm einen Quell, mit silberglänzenden Wellen,/ dem kein Hirte genaht, keine Ziege, wie sie am Berghang/ weiden, auch sonst kein anderes Vieh, den weder ein Vogel/ noch ein Wild getrübt, noch ein Zweig gefallen vom Baume». Wenn es einen solchen Spiegel gab, so mußte sich darin zumindest des Himmels wechselhaftes Blau spiegeln. Wovon kein beseeltes Wesen wußte. Etwas komplizierter ausgedrückt, bedeutet dies, daß es da weder für den Spiegel noch für die Spiegelung, weder für Bild noch für Abbild einen Begriff gab. Solcherart war die Welt, in der Echo existierte. Und auch nach der Geburt des Narziß mußten noch sechzehn Jahre vergehen, bis sich an diesem Zustand etwas änderte. Was jedoch Echos

Bewußtsein oder Selbstbewußtsein betrifft, so dürfte es sich von dem des genannten Hahns kaum unterschieden haben. Als einem aus früherer Zeit existierenden Wesen hätte ihr Bild nicht als Abbild im Begriff der Spiegelung erscheinen können: Sie hätte es als solches nicht begreifen können. Sie brauchte ihr Begehren nicht zum Gegenstand ihrer Überlegungen zu machen, ihre Sinneswahrnehmungen und Empfindungen hafteten nicht mittels Bild und Begriff, sondern unmittelbar an eben jenem anderen, mit allem und jedem gleichsetzbaren Objekt, ohne das sie Erleben nicht hat.

Nicht so Narziß, der bei Ovid auf jeden Fall Protagonist eines neueren oder zumindest eines völlig andersartigen Zustands menschlicher Seinsweise ist. Er findet nicht, er sucht, wiewohl nach etwas, das es auch nach Ovid nicht anders denn als sein eigenes Ebenbild gibt, folglich ist es ihm versagt, gefunden zu werden – in irgend jemand oder in irgend etwas. Formulieren wir es in der Sprache der Altertumskunde oder der Anthropologie oder folgen gar der Periodisierung Jean Gebsers, so dürfen wir sagen, daß Ovid, der den Konflikt von Narziß und Echo auch an der Grenze zwischen Archaik und magischer Epoche ansetzt und sich der Erzählweise der anschließenden mythischen Periode bedient, vom selben spricht, was Teilhard de Chardin im Begriffssystem der mentalen Periode artikuliert.

In dieser Spiegelkonstruktion des Denkens voll des heraufklingenden Widerhalls aus dem Einst müssen wir Ovids in der mythischen Sprache formulierten Satz, den Narziß in diese, seinen magischen Bedürfnissen widersprechende archaische Welt hineinruft, als äußerst verräterisch ansehen: «Ist jemand da?» Die Grundvoraussetzung des archaischen Zustands der Verwandlungen, das «Sein», ist es, was auf seinen Lippen zur Frage und seinem Geist fragwürdig wird: ob es jemand gibt, der er selbst ist? Für Echo wiederum ist diese Frage das einzig mögliche Wort für Sein, denn in der archaischen Welt der Verwandlungen ist es einerlei, ob etwas als Frage oder als Feststellung erscheint: es ist; nicht mehr und nicht weniger braucht sie, und so ruft sie, wie es sich für sie gehört, zurück: «Jemand da.» Was von ihren Lippen eine höchst zweifelhafte Feststellung ist, denn im Sinn der archaischen Welt müßte sie die Frage als Frage wiedergeben. Wäre sie überhaupt in Erwiderung einer Frage zu irgendeiner Feststellung fähig, so müßte sie, ihrem Wesen und ihrer Eigenart entsprechend, viel eher sagen: «Niemand da.»

Es liegt mir fern, Ovid diese kleine Schummelei vorzuwerfen, daß er den Fragesatz mit einem Aussagesatz vertauscht. Andererseits ist dies nicht die einzige Stelle, wo er zu mogeln versucht. Es gibt in seiner Geschichte noch etliche davon, ich bin auf einige zu sprechen gekommen, lasse andere auf sich beruhen. Womöglich hat er sich nicht entscheiden wollen, ob er der Philosophenschule des Heraklit oder der des Protagoras folgen, ob er die Sprache der göttlichen Offenbarung sprechen oder lieber das Prinzip des Homo mensura für maßgebend halten sollte, als er sich anschickte, mit Hilfe solch unterschiedlicher Sprechweisen dem Ursprung auf die Schliche zu kommen. Schließlich ist es eher des Dichters Aufgabe, sich der Wahrnehmung von den Empfindungen und Gefühlen her zu nähern, selbst oder gerade dann, wenn er gezwungen ist, in einer Sprache zu reden, die auf die Verklammerung von Bildern und Begriffen nicht mehr verzichten kann. In der Sprache des Vorangehenden kann ich über Folgen sowieso nicht reden. Die Nachgeschichte erschließt sich mir als solche gerade daraus, daß die Begebnisse der Vorgeschichte mit einem Begriff zugedeckt werden.

In diesem Zusammenhang möchte ich auf eine weitere Eigentümlichkeit hinweisen. Es ist nicht zu übersehen, daß Teilhard de Chardin und Ovid, die in ihrem Bildfundus und Begriffsschatz sich ein und derselben Tradition bedienen, von mindestens drei (wenn nicht gar vier) voneinander völlig verschiedenen Menschen mit demselben Wort sprechen, während sich die von ihnen als Mensch bezeichneten Wesen doch zumindest in ihrer Bewußtseinsstruktur voneinander unterscheiden. Wenn Teilhard de Chardin sagt, der Mensch sei seit Jahrtausenden so, wie er durch das Betrachten seiner selbst wurde, so denkt er nicht an denselben Menschen, an den Ovid gedacht haben mag, als er die Seinsvoraussetzungen von Narziß denen von Echo entgegensetzte. Sie können schon deshalb nicht denselben Menschen meinen, weil Teilhard de Chardin des Narziß Apologet, Ovid hingegen, eben durch diese Gegenüberstellung, sein Kritiker ist. Ihr Begriff vom Menschen trennt sie eher, wenngleich sich beide um die Einordnung ihres Menschenbegriffs in die Zeit bemühen. Und wenn diese unterschiedlichen Begriffe vom Menschen überhaupt irgendein gemeinsames Merkmal haben, so wäre es kein anderes als die Unsicherheit ihrer zeitlichen Einordnung sowie die narzißtische Technik des Denkens darüber. Was übrigens für den Verfasser dieser Zeilen nicht minder charakteristisch ist.

Der aber würde trotz alledem eher sagen: Der Mensch existiert nicht erst, seitdem er sich selbst zur Betrachtung gegeben ist. Aber daß er vielleicht deshalb auf die irritierende Frage, seit wann er existiert, nicht zu antworten fähig ist, weil er seit Jahrtausenden in Wahrheit in allem anderen nur sich selbst betrachtet. Dabei ist es nach seinen Erfahrungen naheliegend, daß es kein Bild gibt, das nicht Abbild wäre, und er hat auch keine Frage, die nicht Widerhall einer Behauptung wäre. Und wenn es von ihm ein Bild gibt, das am wenigsten Abbild ist, dann muß dies sein Selbst-Bild sein.

Erlebnisse wie Echo oder der Hahn haben wir schließlich bis auf den heutigen Tag selbst; sie lassen sich weder in der Sprache der Bilder noch der der Begriffe ausdrücken und können ihrer Natur nach solche Übersetzungen auch nicht haben. Wenn wir sie dennoch sammeln könnten, würden sie sehr viel schwerer ins Gewicht fallen als alles andere. Die lächerliche, blutige und nicht minder sinnlose Geschichte des Menschen wird auch nicht in der Sprache solcher Erlebnisse geschrieben. So daß ich nicht einmal sagen könnte, das Schreiben dieser anderen Geschichte oder gar der parallel zu ihr verlaufenden Weltgeschichte ließe auf sich warten. Womit ich bei weitem nicht behaupten möchte, sie habe nicht in ihrer eigenen Sprache Spuren hinterlassen, sinnlich und gefühlsmäßig erfaßbare, zuweilen in ganz alltäglichen und gemeinhin nützlichen Dingen faßbare Spuren. Man sollte vielleicht auf diesen Spuren zurückdrängen. Wir würden nicht zum Ursprung gelangen, vielleicht aber die unbewußte Verwandlung ins Bewußtsein von uns selbst heben.

II
NOTIZEN

NICHT IMMER LESE ICH, was von mir veröffentlicht wird. Für die innere Sperre, die mich daran hindert, wäre Scham vielleicht nicht der passende Ausdruck, und sagte ich, es sei Widerwille oder beides zugleich, würde das meine Zurückhaltung auch noch nicht begründen. Eigentlich lese ich das Gedruckte schon nicht mehr, wenn ich die Fahnen lese.

Fahnenabzüge zu lesen ist eher eine Pflichterfüllung technischer Art. Ich bin dabei nicht mehr mit dem Gegenstand meiner Arbeit, sondern mit dessen in Lettern geprägtem Bild konfrontiert. Ich habe darauf zu achten, ob sich etwas findet, was das Bild trüben könnte, und während ich lese, muß ich auf jenem Bild beharren, das in allen seinen Elementen und Merkmalen in mein Gehirn eingeschrieben ist, wenn auch mit anderen Zeichen, den Zeichen meiner Schreibmaschine und meiner Handschrift. Beim Vergleichen muß ich mein Gedächtnis bemühen, und mit dieser Erinnerungsarbeit decke ich den ursprünglichen Gegenstand meiner Arbeit wohltuend zu. Ich erinnere mich nicht mehr an Gedanken, sondern an die Schriftzeichen und den Rhythmus der Gedanken. Zum anderen tritt in den Druckfehlern oder deren Fehlen eine unbekannte Person hervor, der Setzer; ein Umstand, der erheblich dazu beiträgt, daß ich mit dem ursprünglichen Gegenstand meiner Arbeit nicht allein gelassen bin. Wir sind nun zu zweit. Wenn ich, mich auf mein Gedächtnis verlassend, Unstimmigkeiten entdecke, die ursprüngliche

Stelle in der Schreibmaschinenabschrift suche, beides dann vergleiche und korrigiere, beschäftige ich mich nicht mehr mit meiner eigenen, sondern mit seiner Arbeit. Man könnte sagen, ich beschäftige mich mit der Person des Setzers, denn auch Setzfehler haben einen Charakter, und ich kann die Fahnen nicht lesen, ohne diesen wahrzunehmen.

Es gibt zum Beispiel Setzer, die das Wortganze als Bild begreifen und das Gesehene, über ihre Finger transformiert, an mich zurücksenden. Ihr Gehirn zerlegt das Bild in Buchstaben und setzt es wieder zum Wort zusammen, wobei ihr Verstand den Sinn des Wortes gerade streift. Diese Setzer deuten die Bedeutung nicht. Sie greifen höchstens daneben, machen Setzfehler, dank der Eigenart ihrer Setzfehler aber kann ich mir dennoch leicht ein Bild machen von der Beschaffenheit ihres Verstandes. Es gibt ausgesprochen dumme und ausgesprochen geistreiche Setzfehler, und je nachdem bleibe ich gleichgültig oder beginne mich für sie zu interessieren. Die dummen Setzfehler deuten auf einen reflektierenden, reproduktiven Geist und das dementsprechende mechanische Denken hin. Die geistreichen Setzfehler dagegen sind ein eindeutiges Zeugnis dafür, daß des Setzers Wesen eher von produktiver Art ist; ein derartiger Setzer wird selbst im Interesse seiner Arbeit nicht auf Selbstreflexion verzichten können, und während er die Wortbilder in Buchstaben zerlegt und wieder zusammensetzt, deutet er sie unbewußt und schreibt sie nach den Regeln seines eigenen Assoziationsmechanismus falsch oder um. Wollte ich hier weiter ausholen, womöglich noch ausführlicher auf Erfahrungen eingehen, würde ich mich unweigerlich in den Ruf eines Irrsinnigen bringen, wiewohl ich damit bloß dem Wunsch nachgäbe, über die innige Beziehung zu sprechen, die zwischen zwei Menschen entstehen kann, die sich gar nicht kennen. Weitere Beweise meines Irrsinns seien in die hier folgenden Absätze gegliedert.

Manuskripte schreibe ich zuerst mit der Hand, dann in die Maschine. Auch wenn die Handschrift sich in Maschinenschrift verwandelt, kopiere ich nicht mechanisch. Ich muß bedenken, daß die mechanisch geprägten Buchstaben nicht die für mich charakteristische Kalligraphie haben, daß sie, anders als das ursprüngliche Schriftbild, nichts über meinen momentanen Zustand ausdrücken, und auch dieser sehr wesentliche Unterschied ist zu berücksichtigen, wenn ich aus der Handschrift in die Maschine umschreibe. Würde ich ihn außer acht lassen und nicht nach Methoden und Techniken suchen, das Charakteristische der sich im ursprünglichen Schriftbild äußernden Zustände irgendwie in die Maschinenschrift hinüberzuretten, wäre ich selbst nichts anderes als eine seelenlose Letter. Das Schriftbild ist eine unmittelbare, unbewußte Selbstreflexion, Meldung des Unbewußten, eine ganz originale bildhafte Hervorbringung, und wenn ich originale Hervorbringungen meines Denkens mitteilen will, so wäre es töricht, auf diese von Originalität zeugenden Züge des Unbewußten zu verzichten. Eine Methode solchen Hinüberrettens habe ich im Rhythmus gefunden – andere mögen sie in anderem finden.

In den Veränderungen (und Krisen) des Schriftbildes lassen sich Veränderungen (und Krisen) der Dynamik der Seele entdecken, und beschäftige ich mich mit diesen dynamischen Varianten, so entspricht das geradewegs dem Charakter des Maschineschreibens. Ich hänge der Vorstellung nach, einer *Olympia* seien die Klänge eines *Bösendorfers* zu entlocken. Und angesichts solcher Bemühungen stellen die verdammten Tippfehler, das Danebengreifen, vertauschte Buchstaben nicht einfach ein technisches Problem dar, weil mein Gehirn neben allem anderen auch noch mit dem Enträtseln und Umschreiben der kalligraphischen Zeichen beschäftigt ist, also mit seelischer Aktivität. Ich habe es mit etwas Bildhaftem zu tun, möchte mich aber meinem Gehör überlassen. Die technische Störung ist eher ein Zeichen dafür, daß nicht jedes Bild seine klangliche Entsprechung finden kann, daß die Übersetzung der Klänge in Bilder und umgekehrt nicht ohne weiteres gelingt. Und während mich derlei Sorgen plagen, bin ich bereits weit abgekommen vom Klang oder vom Bild.

Solange ich jene zum Korrigieren von Tippfehlern so geeigneten Blättchen noch nicht kannte, empfand ich mein Schicksal als quälend aussichtslos. Die unter meinen Fingern hervorratternden Tippfehler signalisierten nicht nur, daß, war man einmal in die Mühle von Klängen und Bildern hineingeraten, eine Rhythmus-Störung Bild-Störung bewirkte; zu alledem mußte ich unablässig die Seiten wieder aus der Maschine reißen, neue einlegen, kam aus dem erstrebten Rhythmus und hatte wieder von vorn zu beginnen. Hinter diesem stupiden Kampf verbarg sich jedoch nur eine Schwäche: Ich kann den chaotischen Anblick von Manuskriptseiten voller Korrekturen nicht ertragen; wenn ich nach etwas Vollkommenem strebe, vermag ich nicht mit Fehlerhaftem zu arbeiten. Die Übertragungsstörungen, die ich als Tippfehler erblicke, versperren mir den Blick auf die Gedanken, oder vielmehr, durch den Anblick der Fehler werde ich angespornt, über die Störungen selbst nachzudenken. Aber die wirklichen Untiefen des Wahns kommen erst noch.

Man legt das zum Korrigieren von Tippfehlern so geeignete Blättchen zwischen Papier und Farbband, tippt und wiederholt, ich betone: *wiederholt* auf ihm den Fehler, und da das Blättchen wie Blaupapier funktioniert, bleibt aufgrund des auf seine Oberfläche ausgeübten, in der Prägung identischen Drucks von seiner Rückseite weiße Farbe auf dem Papier haften, und der Tippfehler ist nahezu spurlos verschwunden. Nahezu, denn er bleibt ja auf dem Blättchen erhalten. Nach einer Weile kam ich darauf, daß es möglich war, anhand dieser Blättchen meine gesammelten Fehler zu studieren. Ich begann nach Charakteristischem, irgendeinem System in diesen Fehlern zu suchen, zumindest wollte ich entdecken, welche Sorte Fehler ich mit Vorliebe wiederhole. Es gelang mir, diese Vervollkommnungsmanie soweit zu entwickeln, daß ich die Blättchen nicht nur nicht wegwarf, sondern sie sammelte, studierte und zu systematisieren versuchte, um *akzidentelle* von *sich wiederholenden* Fehlern unterscheiden zu können, mit einem Wort, einen Katalog meiner Tippfehler zu erstellen. Als dies nicht gelingen wollte, suchte ich Rat bei einem Freund, der in der Systemtheorie bewandert ist. Er sah mich zuerst nur erstaunt an wie einer, der in meinen Worten den eigenen Wahn wiedererkennt, tat das Ansinnen dann aber mürrisch mit einem einzigen Satz ab: «Das geht nicht.» Wieso nicht, fragte ich. Wenn wir es in den Kasten einfüttern, warum sollte es nicht zu lösen sein? Weil man Unsinn nicht einfüttern kann, antwortete er von den Höhen seiner Wissenschaft herab und war nicht bereit, sich weiter mit dem Thema zu befassen.

Danach allerdings geschah etwas, für das ich bis heute keine befriedigende Erklärung gefunden habe. Ich stellte fest, daß jene ausschließlich für das Maschineschreiben charakteristischen Fehler, vertauschte Buchstaben und sonstige Verdrehungen, die ich durch Bewußtmachen hatte ausmerzen wollen, sich nun auch in meiner Handschrift breitmachten. Ich vertauschte nunmehr also systematisch (sysetmatisch) vor allem Konsonanten auch im Handschriftlichen, aber das war nicht (nihct) alles. Seither ist mir die Seele des unbekannten Setzers ein offenes und liebgewordenes Buch.

Dann gibt es die Setzer, die mich mit ihren Gefühlen durch den Text begleiten. Sie lese ich mit der allergrößten Spannung, sind es doch meine ersten und meist auch kritischsten Leser. Teilnahmslosigkeit signalisieren sie durch Fehler und honorieren Spannung mit Fehlerlosigkeit. Für solche hochgradige emotionale Hingabe bekommen wir die Quittung allerdings sofort, wenn die Spannung nachläßt. An der Menge primitivster Druckfehler kann ich ablesen, wie die Spannung meines Textes absinkt respektive wie der Setzer gerade aufgrund der emotionalen Spannung genötigt wird, in Gedanken abzuschweifen. Und noch nie ist es vorgekommen, daß emotional so empfängliche Setzer in Texten, wo der Liebesakt dargestellt oder auf ihn angespielt wird, je Fehler gemacht hätten. Als jene Kapitel meines Romans in Satz gingen, wo es an dezent sachgetreuen Beschreibungen von Liebesszenen nicht eben mangelt und auch aufreizende erotische Techniken nicht ausgespart bleiben, war ich genau auf das Gegenteil gefaßt. Ich hatte damit gerechnet, in Passagen, die vom Vorspiel oder von der Erfüllung im vollzogenen Liebesakt handeln, sehr viele Fehler zu finden, das Bild, wie der Setzer errötet oder gar in Erregung gerät, geradezu vor mir sehend. In diesen Passagen habe ich nie den geringsten Fehler gefunden. Sobald der Text jedoch abschweifte, sich schonungslos abwandte oder gar zu anderen Themen überging, begann es völlig unerwartet von Fehlern nur so zu wimmeln. Ich konnte förmlich sehen, wie sich der Setzer entspannt und seine Erregung nachläßt. Gerade noch hatte er mit angehaltenem Atem gearbeitet, das Blut war ihm in den Kopf geschossen, und der Verstand war durch den Trieb noch nicht daran gehindert, sich ganz seiner gewöhnlichen Arbeitspraxis hinzugeben, weshalb seine Arbeit auch so fehlerlos war. Dann aber muß er tief durchatmen, kehrt in Gedanken noch hin und wieder zu dem, was er im Text durchlebt hat, zurück, die Erregung legt sich langsam, schnappt noch mal zu, dies und jenes geht ihm nicht aus dem Sinn, so, nun gibt es kaum noch Fehler, jetzt arbeiten wir wieder ordentlich. Und dann ist auch das vorüber. So als ob jemand durch den erkaltenden Schweiß spürt, daß um ihn herum noch eine andere, als nüchtern anzusehende Welt existiert. Ein nüchterner Lichtstrahl über dem aufgewühlten Bett. «Dein schlafender Körper, der wahre, ist für mich eisig kalt» – vielleicht ist dies der Augenblick, von dem Fernando Pessoa spricht.

In ein so inniges Verhältnis zu diesen Setzern bin ich im Grunde über ihre Fehler geraten. Da die einzelnen Kapitel meines Romans nacheinander als Fahnen kamen, sind wir in diesem innigen Verhältnis auch ziemlich weit gekommen. In der linken oberen Ecke des Fahnenabzugs steht das Namenskürzel des Setzers, und nach einer gewissen Zeit war es mir möglich, meine Erfahrungen diesem Buchstabenkürzel sicher zuzuordnen. Ich wußte weder sein Geschlecht noch sein Alter, noch irgend etwas anderes von dem Setzer; nichts von dem, worauf man bei einer so innigen Beziehung schon aufgrund seiner Erziehung neugierig zu sein hätte. Wenn ich an diese Abzüge denke, spüre ich in meinen Gliedern dennoch deutlich die Dynamik seines Wesens: Anspannen, Entspannen. Wenn wir jemanden körperlich lieben, kann, ja wird unsere Aufmerksamkeit durch alles mögliche von der Dynamik seines Wesens abgelenkt. Einige Male war das Manuskript einem anderen Setzer übergeben worden. Vielleicht zweimal. Ich bemerkte es sofort. Ohne das Erlebnis der gewohnten Fehler trat ich mir aus meinen eigenen Texten nicht mehr entgegen.

Die körperliche Vereinigung zweier Menschen gibt lediglich Gelegenheit zur Begegnung mit den dynamischen Formen.

Das ist wie beim Entkleiden. Um an den nackten Körper zu gelangen, müssen wir ihn erst aus den Kleidern und dann aus der Unterwäsche schälen.

Wenn wir von der Seele eines Menschen sprechen, dann ist das, als würden wir sein Wesen aus seinem Körper schälen. Doch damit ist das Entkleiden noch nicht zu Ende. Wenn wir ihn auch seiner Eigenschaften entkleiden, dann wird vielleicht das Allerwesentlichste zu spüren sein: die Dynamik seiner Seele. Die wiederum nichts anderes ist als der Rhythmus zwischen Anspannen und Entspannen, Kontrahieren und Wiederanfüllen. Wer bis dahin vordringt, hat in die Atomhülle einen Spalt geschlagen. Er ist nicht da, wo er ist, und auch nicht anderswo. Er verfügt zwar über sein Sein, dieses Sein aber ist nicht länger an einen bestimmbaren Ort gebunden.

Zuerst befinde ich: schön, oder ich befinde: häßlich, indes der Andere sich gleicherweise ein solches Urteil bildet. Das ästhetische Urteil ist den mentalen Prozessen unterworfen, die mentalen Prozesse wiederum sind tausendfach mit den gesellschaftlich austarierten Beziehungssystemen verknüpft.

Gewißheit darüber, wie das ästhetische Urteil des Anderen beschaffen ist und ob mein eigenes ästhetisches Urteil richtig oder unrichtig ist, vermögen wir uns durch gegenseitige Berührung zu verschaffen. Die Berührung ist in Wirklichkeit ein an die gesellschaftlich austarierten Beziehungssysteme und die mentalen Prozesse gebundenes Ritual, die sich im Ritual manifestierende körperliche Berührung bietet jedoch zugleich die Möglichkeit, uns mittels eines ethischen Urteils der Wirksamkeit eben dieser Beziehungssysteme zu entziehen.

So ist es, wenn ich bei mir befinde: gut, oder wenn ich befinde: schlecht, während der Andere gleicherweise urteilt. Stimmt mein ästhetisches Urteil mit dem ethischen überein, und das Urteil des Anderen steht dem nicht entgegen, so befinde ich von da an nichts mehr, doch es gibt immer noch Bilder und Symbole. Mit dem ethischen Urteil habe ich mich der Wirksamkeit von Beschränkungen wie auch Empfehlungen der gesellschaftlichen Beziehungssysteme entzogen, den mentalen Bereich menschlichen Bewußtseins verlassen und bin in den Bereich des mythischen Bewußtseins zurückgetreten; habe mich dem Gleichgewicht von Aktion und Reaktion anvertraut.

Sobald Aktion und Reaktion das gesuchte Gleichgewicht finden, verlieren mythische Rituale, Bilder und Symbole ihre Bedeutung. In diesem Gleichgewicht sind Körper und Seele voneinander nicht mehr zu trennen, der Körper hat nicht länger Glieder, die zu spüren, und die Seele Eigenschaften, die zu benennen wären, folglich sind die Äußerungen des einen von den Äußerungen der anderen nicht zu trennen, und wenn sich da noch von irgend etwas sprechen läßt, so von nichts anderem als der puren Dynamik der Seele. Wir sind zurückgetreten in die magische Schicht des menschlichen Bewußtseins.

In Wahrheit ist mein Begehren, ein einziges Mal, für einen einzigen Augenblick der Andere zu sein.

In Wahrheit ist mein Begehren, mein eigenes Werk, durch den Druck vollendet, ein einziges Mal so zu lesen, als läse ich das gedruckte Werk eines Fremden. Lese ich es aber dessenungeachtet, so habe ich dafür stets einen naheligenden Vorwand: Ich muß überprüfen, ob Druckfehler im Text stehengeblieben sind. Da, wo man einen Vorwand suchen muß, verlangt der Vorwand gerade so viel an Aufmerksamkeit, wie ausreicht, um das ursprüngliche Begehren zu stören. Ein gestörtes Begehren ist nicht mehr erfüllbar, genauer, bei der Erfüllung wird gerade das Gefühl der Vollkommenheit verdorben. Meine Erfahrungen deuten jedoch darauf hin, daß man die Erfüllung des ursprünglichen Begehrens oder die Möglichkeit zur Erfüllung der Zeit überlassen kann; so als gäbe es einen optimalen Zeitpunkt, zu dem die Störung ohne weiteres herauszufiltern und so auch Erfüllung nicht länger unmöglich sein wird. Neun Jahre scheinen mir zu lang. Nach neun Jahren lese ich nicht mehr den in Lettern geprägten Text, vielmehr blicken mir aus dem Text die Zustände entgegen, die mich ehemals zum Schreiben drängten und die größtenteils mit ehemaligen Sorgen und Nöten identisch sind.

Man kann jedwedem Begehren in zweifacher Weise begegnen. In der Hoffnung, es festzuhalten, dem Objekt des Begehrens nachgehen oder aber sich fragen, warum man fühlt, was man fühlt, warum gerade für dieses Objekt, und auch all die übrigen Fragen stellen, immer schön der Reihe nach. Aber ganz gleich, ob wir das eine oder das andere tun, ob wir uns zu Bewegung oder zu Bewegungslosigkeit verurteilen, es wird unweigerlich ein Sprung sein, zurück auf jene magische Ebene der Kultur, an die die Alten mit der Geschichte von Narziß und Echo erinnerten, wofür die Sprache neuzeitlicher Gelehrsamkeit den Namen Selbstreflexion hat. Daß es um einen Sprung von irgendwoher irgendwohin geht, charakterisiert die Sache allerdings nur unzureichend, da wir uns ja von dort, wo wir uns befinden, gar nicht fortbewegen können und auch nicht über persönliche Gesten verfügen, die es uns ermöglichten, uns über die Grenzen unserer Kultur rauszuschmuggeln.

Man könnte höchstens sagen, daß die Bewegung des Körpers für die der Seele nicht Bedingung ist und die Seele so in Schichten der Kultur zurückdringen kann, die in der gegebenen Kultur erst noch formlos, als Möglichkeit, oder aber nur noch formlos beziehungsweise in symbolischen Formen existieren. Würde mir zum Beispiel jemand von einem dreitausend Jahre zurückliegenden Standpunkt vorschlagen, ich soll mit meinem Manuskript neun Jahre lang warten und erst dann werde ich sehen können, was ich gefertigt habe, dann kann ich seine Anweisung ernst nehmen und kann warten, genau so lang, bis die genannte Zahl voll ist, oder ich kann zu ergründen suchen, warum er gerade diese Zahl nennt, und dabei vielleicht zu dem Ergebnis kommen, daß die Neun in der in Rede stehenden Kultur magische Bedeutung hat und dem Vorschlag über den optimalen Zeitpunkt der Selbstreflexion allein unter diesem Aspekt Bedeutung zukommt. Herodot teilte sein Werk in neun Bücher. Neun ist die Zahl der Musen, neun Jahre hat man zu warten. Das Begehren nach Selbstreflexion reflektiert in dieser magisch verstandenen Zahl auf sich selbst.

In meinen Texten geht es um Selbstreflexion, und lese ich meine eigenen Hervorbringungen – oder aber lese ich sie in der Hoffnung auf den besagten optimalen Zeitpunkt noch nicht, dann, um mit eben dieser konfrontiert zu werden und über sie reflektieren zu können.

Das tue ich auch jetzt. In mich legt die magische Tradition ihre ganze Hoffnung. Einträchtig warten wir auf die Heraufkunft der Erfüllung bringenden Selbstreflexion.

In Wahrheit ist mein Begehren, ein einziges Mal, für einen einzigen Augenblick nicht mehr ich zu sein. Aber begehre ich nicht etwas, dessen ich schon oft teilhaftig war?

Apollodor, an den Glaukon sich auf dem Weg von Phalleron nach Athen mit der Bitte wandte, er möge ihm erzählen, welcherart Reden über die Liebe bei jenem Gastmahl geführt worden seien, bei dem Agathon, Sokrates, Alkibiades und noch viele andere zugegen waren, läßt sich wohl deshalb nicht lange bitten, weil ihn das Thema stark interessiert. Wen interessierte es nicht? Wer verliebt ist, ist interessiert, weil er neugierig ist, wie sich andere in diesem außerordentlichen Zustand verhalten, und wer gerade nicht verliebt ist, der möchte wenigstens darüber sprechen oder davon hören, denn die Worte der anderen erinnern ihn an jenes außerordentliche Erleben, nach dem er sich bis an sein Lebensende sehnt, wenn es ihm schon einmal zuteil, und ebenso, wenn es ihm noch niemals zuteil geworden ist.

Apollodors Sache ist freilich nicht ohne jede Schwierigkeit, hat er doch von dem Gastmahl auch nur durch Aristodem gehört, denn ebenso wie Glaukon, der ihn nach den dort geführten Reden fragt, war er damals selbst noch Kind. Wissen erreicht uns durch Vermittlung und Vermittler, und nur vermitteltes Wissen kann die persönliche Erfahrung zu persönlichem Wissen formen. Wir brauchen das Wissen des Apollodor auch dann, wenn wir wissen, daß auch er, was er weiß, nur von Aristodem weiß; in diesem Fall wäre allerdings wünschenswert zu wissen, wer Aristodem war.

Da uns persönliche Erfahrung darüber fehlt, können wir lediglich wissen, was Apollodor über ihn gedacht hat oder wie er diesem erschienen ist, und so bin ich, was die Frage betrifft, wie Sokrates, Agathon, Alkibiades und all die übrigen über die Liebe dachten, auf untergründig vermitteltes Wissen angewiesen, das heißt, wie wiederum Aristodem über derlei Dinge gedacht hat und wie sie ihm erschienen sind. Der von vermitteltem Wissen herrührenden Verwicklungen ist wahrlich kein Ende.

Denn es bleibt noch hinzuzufügen, daß Sokrates, Agathon, Alkibiades und die übrigen über die Liebe ganz anders gesprochen hätten, wäre Aristodem nicht bei dem Gastmahl anwesend gewesen, denn auch sie hatten einen Eindruck von ihm und werden sicher ihre Worte danach gerichtet haben. Und dabei haben wir Platon noch mit keinem Wort erwähnt.

Es ist mindestens schon zwanzig Jahre her, als ich einmal am Nachmittag zur Hauptverkehrszeit mit einem bis zum Bersten gefüllten Bus ins Stadtzentrum fuhr. An den Haltestellen quollen die Menschen durch die auseinandergepreßten Wagentüren, und als diese irgendwie wieder geschlossen waren, wurden die Leute durch den Druck erneut zu einer einzigen Masse unentwirrbarer Glieder zusammengepreßt. Xenophon sagt: «Die Götter haben die Pferde zur angenehmsten Sache der Welt für die

Pferde gemacht, die Rinder für die Rinder, die Schafe für die Schafe; desgleichen finden die Menschen nichts Angenehmeres als den Körper des Menschen ohne jede Zutat.»

Vorausgesetzt, so hätte ich in dem überfüllten Bus zu mir sagen können, er trifft die Wahl, wessen Körper er sich als angenehm wünscht, selbst. Denn lassen die Umstände nicht zu, daß der oder die Auserwählte dieser Bedingung genügt, dann überkommt den Körper Lähmung, und es entsteht eine Spannung, die auch durch die Umstände nicht zu rechtfertigen ist. Wenn sich in solchen Situationen nicht alle Muskelfasern gegen die unerwünschte Berührung sträuben würden, wenn nicht ein jeder bemüht wäre, sich trotzdem nicht mit allen Gliedern in den Körper fremder Menschen zu stemmen, dann könnte der Mensch sich einen Realisten heißen, er würde seine augenblickliche Lage dann akzeptieren, und sogleich wäre die Spannung weniger groß, sowohl die eigene als die der anderen. Die Menschen sind jedoch gewißlich keine Realisten.

Mit der Anspannung des Körpers signalisieren sie ihren Protest. Sie lassen sich von einem tradierten Wissen unsicherer Herkunft nasführen, dessen sie einerseits nie voll und ganz habhaft werden können und das andererseits auch durch persönliche Erfahrung nie voll und ganz bestätigt wird. Die Katze ist Realist, oder das Huhn, aber nicht der Mensch. Es ist eine andere Frage, ob der Mensch womöglich ebenso wie Huhn oder Katze als Realist geboren wird. Den ethischen Imperativ der Kultur außer Kraft zu setzen ist selbst in Notsituationen nicht möglich, anders formuliert, das Kritische unserer Situation wird gerade dadurch manifest, daß wir die Geltung kultureller Regeln weder im Interesse des Nützlichen noch des Angenehmen aufzuheben respektive nur bis zu einem Grad preiszugeben vermögen, welcher der Intensität unseres Festhaltens an ihnen entspricht.

Ich meinerseits preßte mich frontal in die Seite zweier junger Männer. Bauteile von Körpern stemmten sich gegen die Bauteile anderer Körper; ich stemmte zurück, wie es sich gehört. Niemand bringt uns bei, wie man sich in einer derartigen Situation zu verhalten hat, doch wenn sich irgendeiner dabei seinem Geschick überlassen, nicht mit etwas Kraft dagegenstemmen, es sich gar angenehm sein lassen würde, sich gegen andere Körper zu pressen, ihm wären im Nu Befremden und Entrüstung seiner Mitmenschen sicher. Vereinbarungen dieser Art sind auch dann nicht ungestraft aufzukündigen, wenn wir unter ihnen leiden, beziehungsweise bringt ihre Aufkündigung oftmals ein Vielfaches der Unannehmlichkeiten mit sich, als wir bei ihrer Einhaltung erleiden. Ich für meinen Teil versuchte den Vereinbarungen Genüge zu tun, indem ich beide Hände zur Faust ballte, was mich in eine Lage brachte, die noch viel unmöglicher und hilfloser war, da ich mich der Möglichkeit des Festhaltens begeben mußte; damit verstieß ich zwar gegen den Selbstverteidigungsinstinkt, doch wenigstens preßten sich meine Hände nicht gegen die Schenkel der beiden, was das Gefühl des Skandalösen etwas milderte. Den Kopf reckte ich leicht nach hinten, wie die beiden auch, unser Atem aber berührte sich. Mit Leichtigkeit konnte einer den Geruch des anderen ausmachen.

Das Haar in ihrem Nacken war naß, sie mochten von irgendeiner Arbeitsstelle kommen, aus einem Betrieb, einer Werkstatt, und sich dort gerade geduscht haben; ihren Hälsen entströmte der feuchte Duft frischgewaschener Haut, ein starker Kontrast zu dem muffigen Schweißgeruch ihrer nicht gelüfteten Kleider. Der Mensch spürt den eigenen Körpergeruch nur, wenn er schon nicht mehr riecht, sondern stinkt, oder aber am Duft eines anderen Körpers.

Die Körperhaltung der beiden unterschied sich von der aller anderen Mitfahrenden. Sie konnten es sich erlauben, sich von Angesicht zu Angesicht, mit Brustkorb, Bauch und Lenden gegeneinander zu pressen, was alle anderen zu vermeiden suchten. Sie kannten sich. Sie unterhielten sich so angelegentlich, als bemerkten sie die Unannehmlichkeiten des Gedränges gar nicht. Beziehungsweise sie unterhielten sich gerade deshalb so angelegentlich, um sie nicht zur Kenntnis nehmen zu müssen. Denn ihren Worten war zu entnehmen, daß sie sich nur oberflächlich, vielleicht nur vom Sehen her kannten; der Zufall hatte sie an diesem Ort zusammengeführt. Ihnen blieb nichts anderes übrig, als sich zu unterhalten; zu schweigen wäre unhöflich gewesen. Sie duzten sich nicht und siezten sich nicht. Sie lenkten ihre Rede in Sprachmodi, in denen sie eine Anrede vermeiden konnten. In ihren Gesichtszügen spiegelten sich Bereitwilligkeit, Zurückhaltung und ein nicht geringes Maß an Mißtrauen, und es war ihnen anzumerken, daß sie einander ausgesprochen fürchteten. Ihre innere Haltung stand mit der trauten Körperhaltung nicht im geringsten in Einklang. Vermutlich konnten sie diese traute und unerlaubte Körperposition gerade deshalb nicht vermeiden, weil sie einander dermaßen fürchteten, daß sie vor der Pflicht zur Zurückhaltung lieber dem Zwang zur Höflichkeit nachgaben. Ich hatte den Eindruck, sie mußten viel Schlechtes übereinander gehört haben, hatten aber bisher noch keine persönliche Erfahrung miteinander gemacht. Jetzt waren sie wechselseitig bemüht, aus der Nachrede keine weiterreichenden Schlußfolgerungen zu ziehen, gleichwohl aber zu überprüfen, inwieweit das Gehörte wahr sein könnte. Gemessen an ihrer inneren Haltung durfte ihre intime Körperhaltung als Zwang, hinsichtlich der wechselseitigen moralischen Prüfung hingegen als Vorteil gegolten haben. Solche Nähe macht das Lügen genauso schwer, wie sie verhindert, dem anderen etwas Böses anzutun, was sie sich in ihrem Mißtrauen aber einander gegenseitig zugetraut hatten. Folglich hielten sie sich gegenseitig mit etwas in Schach, das ihnen peinlich war.

Der eine nannte einen Namen, worauf der andere einen kurzen Satz erwiderte. Während der Satz gesprochen wurde, tasteten die Augen das Gesicht des Gegenübers ab. Der Blick kreiste gleichförmig von den Augen über die linke Wange zum Mund und wieder zurück. Ihr gemeinsamer Bekanntenkreis muß verhältnismäßig groß gewesen sein, denn bei den Namen erwiesen sie sich als unerschöpflich, und seltsamerweise nannten sie mal den Vornamen, mal den Nachnamen, niemals aber beide zugleich. Wahrscheinlich war es ihre Methode, den Intensitätsgrad der Bekanntschaft anzudeuten. Mit den kurzen Sätzen wurde der gemeinsame Bekannte dann jeweils charakterisiert, aber mit einer so einfallsreichen Vorsicht, daß eine moralische Wertung oder ein ethisches Urteil tunlichst unterblieb. Mit ihrem Blick mußten sie abschätzen, wie der andere über diese dritte Person dachte, und dadurch stellten sich beide selbst bloß und charakterisierten sich selber.

Auch Betonungen, die womöglich in die Richtung ihres geheimen Urteils hätten weisen können, wurden nicht etwa aus Furcht vermieden, sondern um den anderen nicht in seinem Urteil zu beeinflussen. Einer suchte dem anderen die Meinung sozusagen chemisch rein zu entlocken, um sie dann insgeheim beurteilen zu können. Denn es war den Gesichtern abzulesen, daß sie sich pausenlos belogen; wenn ich als unparteiischer Beobachter das sah, konnte auch ihnen das nicht verborgen bleiben. Wegen der gegenseitig wahrgenommenen Lügen ließen sie sich natürlich auf keine Diskussion ein, sie gingen ja von vornherein davon aus, daß der andere nicht bloß in moralischer Hinsicht falsch urteilte, sondern schlichtweg ein minderwertiges Wesen war; zu dieser Hypothese sammelte jeder Material. Doch für die Beurteilung der menschlichen Qualitäten des anderen brauchten sie ständig die virtuelle Anwesenheit einer dritten Person, von der sie beide eine Meinung hatten.

Das ethische Urteil wirkt in der mythischen Schicht des menschlichen Bewußtseins, es bezieht sich auf Geschichten und Bilder von symbolischer Bedeutung. Die Interpretation und Bewertung von Bildern und Geschichten im Gespräch lassen die Eigenschaften des Anderen in diesem Kontext in Erscheinung treten und ermöglichen mir zu entscheiden, ob mir diese Eigenschaften zusagen oder nicht. Doch um die Eigenschaften eines Menschen in ihrem wirklichen Zusammenhang kennenlernen zu können, so, daß sie sich nicht nur als widersprüchliche, von Interpretation und Bewertung abhängige Äußerungen oder als bloße Feststellungen kundtun, muß ich diesen Eigenschaften in ihrem Seinselement begegnen.

Das Seinselement der Eigenschaften ist die Seele, die in der magischen Schicht des menschlichen Bewußtseins wirkt und sich in den dynamischen Formen kundtut. In der magischen Schicht gibt es weder Geschichten noch Bilder mit symbolischer Bedeutung, also auch kein ethisches Urteil. Die dynamischen Formen der Seele äußern sich in Ritualen und in den damit verbundenen, durch Übereinkunft bestimmten Objekten, Totems und Tabus, und die Frage ist nur, ob ich Rituale finden kann, die exklusiv, gemeinsam und der Übereinkunft gemäß sind, damit die Dynamik meiner eigenen Seele als die Dynamik der Seele des Anderen in Erscheinung tritt.

Wenn Liebende gemeinsam zu dem Schluß kommen, den endlosen Gesprächen ein Ende setzen und die Welt der Worte hinter sich lassen zu müssen, werden sie im Ritual der Berührungen ihren Halt finden. Die großen Seufzer und Schreie des Schrekkens, der Hoffnung und der Freude tragen sie über jene hohe Schwelle, welche die mythische von der magischen Bewußtseinsschicht trennt. Bei dem breiten Repertoire der zur Verfügung stehenden Rituale werden sie so lange unter der Herrschaft des Rituals von Gebot und Verbot beziehungsweise unter der Herrschaft moralischer Wertungen stehen, wie es ihnen nicht gelingt, solche Rituale zu finden, die zugleich exklusiv, gemeinsam und der Übereinkunft gemäß sind und somit nicht nur ihren Eigenschaften entsprechen, sondern zugleich die Grenzen auflösen, die durch die ethischen Normen des separierten Ich-Bewußtseins oder des separierten Gruppenbewußtseins wirksam werden, respektive sich in Totems und Tabus manifestieren. Wenn dynamische Formen der Seele dynamischen Formen der Seele begegnen, so bewegen sie sich in die älteste archaische Schicht zurück, wo Reflexion und Selbstreflexion nicht mehr voneinander zu unterscheiden sind, ebensowenig wie persönliche Fürwörter, denn dort gibt es nur ein einziges, unpersönliches Fürwort. In der Sprache jedoch gibt es dieses Pronomen nicht.

Es ist ein weiter Weg voller Erschütterungen, in der körperlichen Vereinigung zweier Menschen nur als Möglichkeit gegeben, doch wer diesen Weg beschreitet, der bewegt sich unwillkürlich mehrere zehntausend Jahre in der Geschichte des menschlichen Bewußtseins zurück.

Ich nenne ein ganz simples Paradigma für das Gegenteil dessen.

Junge Menschen geraten ziemlich oft in die Situation, daß sie sich mit Augen und Händen, Geruchs- und Geschmackssinnen mehr als gut verstehen und ihr Sichverstehen keines weiteren Kommentars bedarf, doch sobald sich ihre füreinander geschaffnen Körper trennen und sie mit dem Mund zu reden beginnen, verwandelt sich ihre Beziehung in die Peinlichkeit endloser Mißverständnisse und Gezänks. Das Ganze ist unverständlich, unüberwindbar und grausam. Am Ende hilft auch die Lust nicht mehr, so widerlich ist alles geworden.

Zu dem Phänomen kann man mit einer gewissen Erfahrung sagen, daß diese bedauernswerten jungen Frauen und Männer zwar eigene und wirklich zuverlässige Sinnesempfindungen haben, aber für diese über keine eigene Sprache verfügen und das, was sie einander sagen möchten, nur in einer Sprache sagen können, die sie sich von anderen angeeignet haben. In Wirklichkeit sind es nicht sie, die miteinander reden, sondern Vater und Mutter sprechen aus ihnen, oder richtiger, sie können auf ihr eigenes körperliches Empfinden nur nach den Geboten einer durch Übereinkunft gutgeheißenen Sprache reagieren. Sie sprechen nicht, wie sie empfinden, sondern sie empfinden, wie die gesprochene Sprache es von ihnen erwartet. Folgerichtig pflegen sie sich anzubrüllen: Weißt du überhaupt, mit wem du sprichst?

Diese Frage ist mehr als berechtigt. In Wahrheit wissen sie weder von sich selbst noch voneinander, wer sie sind, obgleich sie gerade darüber äußerst zuverlässige sinnliche Erfahrungen haben, doch diese Erfahrungen werden, einem Gebot der kulturellen Übereinkunft gehorchend, von beiden als geheimes Wissen gespeichert. Das geheime Wissen bezieht sich darauf, *wer* der Andere ist. In der Umgangssprache der mentalen Kultur fragen wir hingegen nicht *wer*, sondern *wie* er/sie ist. Was für ein Mensch ist der Andere *für mich*? Und wir gelangen mit dieser Frage mitnichten zu einer inhaltlich mit den sinnlichen Erfahrungen übereinstimmenden Definition vom Wesen und den Eigenschaften des Anderen, sondern fallen selbst in unseren innigsten Beziehungen in jene auf Übereinkunft basierende Gemeinsprache zurück, in der man selbst und der Andere nach den Regeln kollektiver Normen definiert ist.

Das von den sinnlichen Erfahrungen separierte Ich der mentalen Kultur ist nicht zu erkennen und nicht zugänglich, denn dazu müßte Selbsterkenntnis tatsächlich darin bestehen, daß ich die Ebenen von Gestik und Sprache, die an Erziehung und gesellschaftliche Gebote gebunden sind, von jenen Bewußtseinsebenen, die an den Charakter und die Eigenschaften und somit die tieferen Motive von Handlungen gebunden sind, relativ gut zu trennen weiß. Die mentale Kultur bietet keine gemeingebräuchlichen Techniken, mittels deren diese Sonderung zu bewerkstelligen wäre, und so wird in dieser Kultur individuelles Selbstbewußtsein auch nicht mit Kenntnis oder Erkenntnis des Beziehungsgeflechts persönlicher Eigenschaften gleichgesetzt, sondern mit dem Bewußtsein individueller Rechte, die durch gesellschaftliche Konvention entwickelt worden sind. Davon aber wird einem nur so viel zuteil, wie durch kollektive oder individuelle Freiheitsbewegungen ertrotzt werden kann.

Wer die Frage, «was für ein», einen Anderen betreffend, beantwortet, der tauscht individuelles Bewußtsein für kollektives Rechtsbewußtsein ein.

Wenn ich frage, in welcher Rolle und in welcher Situation ich meinen Platz zwischen den anderen einnehme, so spreche ich vor allem mich selbst an. Rede ich von der Liebe, so schickt es sich schon deshalb nicht zu reden, ohne meine Position zu klären, weil es sich, wo wir verstanden werden wollen, nicht empfiehlt, andere aufzubringen. Will ich aber niemanden aufbringen, dann kann ich allenfalls andeuten, was für Züge meiner Mentalität oder welche Art von Gefühlen ich mit meinem mir durch kulturelle Übereinkunft auferlegten und stolz getragenen Selbstbewußtsein verdecken will, das in Wahrheit ein Bewußtsein von Persönlichkeitsrechten ist.

Das Selbstbewußtsein wäre nur dann von einer konstanten und für alle gleichermaßen gültigen Substantialität, wenn einerseits meine eigenen Erfahrungen in allen Teilen mit dem durch die anderen vermittelten Wissen übereinstimmten und es andererseits zwischen den verschiedenen Ebenen des menschlichen Bewußtseins keinerlei Schwellen gäbe, wenn ich also mein aus den magischen und archaischen Schichten stammendes Wissen nicht als geheimes Wissen separieren müßte.

Was hindert mich, mein individuelles Schicksal so zu gestalten, wie die allgemein gehegte Vorstellung vom Glück es verlangt?

Warum kann ich mir nicht das ausgewogenste, Körper und Seele Frieden garantierende Lebensmodell oder Schicksalsmuster auswählen, das seine mentale Ausprägung durch Negation des archaischen, des magischen und des mythischen Schicksalsmusters erfahren hat?

Ich strebe danach, obwohl mein Bestreben niemals, richtiger: nur zeitweilig oder nur teilweise von Erfolg gekrönt ist.

Die mentale Kultur hat, wie alle vorangegangenen

Kulturen, deklarativen Charakter. Deklariert wird die Negation aller früheren Ebenen der Geschichte des menschlichen Selbstbewußtseins. Wenn die mentale Kultur *von mir* behauptet, *ich bin*, gleichzeitig aber nicht danach fragt, *wer ich bin*, sondern nur, *wie ich bin*, also nicht auf mein Wesen, sondern auf meine Rolle erpicht ist, dann verlangt sie von mir, daß ich all das negiere, was auf früheren Ebenen der Geschichte des menschlichen Selbstbewußtseins nicht auf das separierte Ich, das Individuum bezogen war, sondern auf jedes einzelne Menschenwesen, auf die Gemeinschaft oder geradewegs auf die Götter; sei es Totem und Tabu, im Ritual oder in der mythischen Erzählung mit allen entsprechenden Götzen, Idolen und Symbolen verkörpert.

Die mentale Kultur bewirkt mit ihrer Deklaration, daß das Individuum von vorher bekannten Bewußtseinsformen des Kollektivs getrennt wird; sie stellt sich Individuen vor, die, gestützt auf ihr geheim gewordenes Wesen, auf das geheime Ensemble ihrer Eigenschaften, aus freiem Entschluß ein Kollektiv bilden, anders gesagt, sie stellt sich ein Kollektiv vor, das aus nichts anderem besteht als dem ewigen und permanenten wechselseitigen Aufeinanderabstimmen geheimer, den Eigenschaften der Individuen entspringenden Absichten. Die mentale Kultur verlangt auf diese Weise von jedem Individuum, die Aufmerksamkeit insgeheim auf das eigene Wesen, auf das Ensemble seiner eigenen Eigenschaften zu richten, und macht so das Individuum zur Grundlage des Kollektivs, zugleich zwingt sie aber durch ebendieselbe jedes Individuum dazu, das verleugnete kollektive Wissen aller früheren Stufen des menschlichen Bewußtseins als geheimes Wissen in sich zu integrieren und zu transformieren.

In der mentalen Kultur lebt ein jedes Individuum ein skandalöses und tragisches Leben, da es alle jene Bewußtseinsebenen als im Ensemble seiner Eigenschaften verschlüsseltes Wissen zu erkennen, integrieren und transformieren hat, die von der Kultur kollektiv und deklarativ negiert werden. Dies meine Sicht auf Lebensmodell und Schicksalsmuster der mentalen Kultur.

Die mentale Kultur hält für mich zweierlei Arbeit bereit; ich habe einmal meine persönlichen Erfahrungen mit dem durch andere vermittelten Wissen abzustimmen, zum anderen muß ich für den eigenen Gebrauch Übergänge zwischen den verschiedenen historischen Ebenen des menschlichen Selbstbewußtseins sichern und so für alle und für alle Zeiten die Beständigkeit der Substanz kollektiven Bewußtseins. Beide Arbeiten bestehen aus einer Serie des Aufeinanderabstimmens von Anforderungen gegensätzlichen Inhalts, da diese Kultur sich ein Kollektiv vorstellt, das auf dem wechselseitigen Streben nach Ausgleich zwischen als Ensembles verschiedener Eigenschaften auftretenden Individuen beruht. Selbsterkenntnis dagegen ist darauf gerichtet, daß ich meine verschiedenen Eigenschaften unter dem Gesichtspunkt des Privatrechts miteinander und das Ensemble meiner Eigenschaften unter dem Gesichtspunkt des öffentlichen Rechts mit den Ensembles von Eigenschaften der anderen in Übereinstimmung bringe.

Die mentale Kultur bewirkt, daß die Sehnsüchte des Menschen sich auf ein Ich richten, das einen am meisten an einen selbst erinnert; und in diesem Sinn müßte er sich als Narziß erkennen; dem gleichen kulturellen Imperativ gehorchend, darf er aber nicht sich selbst, sondern muß er eine(n) Andere(n) zur/zum Geliebten wählen, und so vereinigt er sich mit einem Echo, das weder in sich selbst noch in ihm, Narziß, Selbsterfüllung finden kann. In der mentalen Kultur ist Selbsterkenntnis nicht identisch mit Welterkenntnis.

Junge Menschen baten mich, über mein Verständnis von Geschlechterrollen und Geschlechterprinzip zu sprechen. Ich glaubte zu verstehen, was sie von mir erwarteten.

Hätte ich ihnen gesagt, daß ich nichts davon verstünde und diese verdächtigen Begriffe mich gar nicht interessierten, so hätte ich sicher nicht die Wahrheit gesagt. Doch ebensowenig wahr wäre es gewesen, wenn ich gesagt hätte, daß es kaum etwas anderes gebe, was mich mehr interessierte, und daß ich davon alles verstünde. Nach einigem Überlegen habe ich schließlich zugesagt, über diese Begriffe zu reden, doch so, daß ich dabei eher von der himmlischen und der irdischen Liebe spreche.

Denn was sollte ich vom Prinzip der Geschlechter verstehen? Mir scheint, auf dem Grund dieser Frage verbirgt sich der Wunsch, es möge uns jemand sagen, wie wir vortreffliche Frauen und vortreffliche Männer sein können. Da wir nun einmal ein Geschlecht haben, müßte diesem doch auch irgendeine Wesensart zugehören, und wenn wir unser Verhalten nach dieser Wesensart ausrichten und so durchs Leben agieren, werden wir folgerichtig vortrefflich sein. Ein solches Denken kann ich nur beklagenswert finden. Sollten die Geschlechter nämlich überhaupt so etwas wie ein Prinzip haben, dann ist dies gewiß nicht in den Geschlechtern selbst zu suchen, nicht in dem einen und nicht in dem anderen. Wenn eine Sache überhaupt eine Wesensart hat, kann die Wesensart nicht mit der Sache identisch sein. Doch wenn das Prinzip der Geschlechter nicht mit den Geschlechtern identisch sein kann, was hat es dann für einen Sinn, von Geschlechterrollen zu reden? Ich kann das Prinzip einer Sache mit deren Funktion in Zusammenhang bringen, doch ich kann die Funktion nicht dem Prinzip zuordnen, sondern nur unterordnen.

Voraussetzung vernünftiger Rede ist, daß ich den Begriff, der den Gegenstand der Rede bildet, entweder durch einen anderen Begriff erhelle, in dem der erstere mitenthalten ist, oder daß ich die spezifischen Bestimmungen des Begriffs benennen kann.

Frauen und Männer haben ein gemeinsames Prinzip, und das ist, daß sie Mensch sind. Dieser Begriff hat in unserem Denken aber gerade die Funktion, daß ich von ihnen eben nicht als von Frauen und Männern, sondern ihrem grundsätzlichen Wesen nach sprechen kann. Wer jedoch von ihnen dem grundsätzlichen Wesen nach spricht, der kann, was die Frage betrifft, wann sie als Frau oder als Mann vortrefflich seien oder wie sie zu agieren hätten, keine Anleitung geben. Darüber kann ich nur dann reden, wenn ich von ihnen nicht dem grundsätzlichen Wesen nach spreche.

Um über den vornehmlich in der Sprache der Biologie und der Soziologie beschreibbaren Erscheinungskomplex, der bei besorgten Eltern, Moralpredigern und Gerichtssachverständigen üblicherweise unter die Rubrik Geschlechterrolle fällt, etwas sagen zu können, müßte ich zuerst untersuchen, hat der Mensch überhaupt ein Geschlecht? Eine so kühne Behauptung würde ich ohne Bedenken niemandem aufs Wort glauben. Wenn ich vom Menschen spreche, lasse ich mich noch nicht einmal von jenen wahrlich auf der Hand liegenden biologischen Argumenten, die sich ansonsten mit meinen täglichen Erfahrungen decken, ohne weiteres überzeugen.

Denn fürwahr, ich habe noch nie einen Menschen gesehen, der nicht Frau oder Mann wäre, doch würde sich der eine ausschließlich nach dem Geschlecht von dem anderen unterscheiden, so könnten wir nur von Frauen und Männern oder gar nur von Männchen und Weibchen reden, und weder der Unterscheidung zwischen Mensch und Tier noch dem Begriff Mensch käme irgendeine Bedeutung zu.

Es heißt, der Mensch sei ein verliebtes Wesen. Wenn ich diesen simplen Satz ausspreche, rede ich nicht von Frauen und nicht von Männern und brauche mich auch nicht damit zu befassen, welche Rolle die einen im Leben der anderen spielen. Spreche ich dagegen von Frauen und Männern, dann rede ich noch lange nicht vom Menschen, so wie ich, wenn ich vom Geschlechtsakt spreche, nicht zwangsläufig von der Liebe rede.

Jeder andere Ort wäre geeigneter, über ein Thema wie die Liebe zu sprechen, als ein Vorlesungssaal, wo

Menschen in der Menge zuhören, schweigen und träumen, während ein einziger zum Reden gezwungen ist. Wenn es keinen einzigen Menschen gibt, den ich mit meiner Liebe ansprechen kann, so kann ich auch auf keine Antwort hoffen, und wenn es keinen einzigen Menschen gibt, der mich mit seiner Liebe anspricht, habe ich von der Liebe wahrlich nichts zu erzählen. Niemand spricht gern in der Öffentlichkeit laut vor sich hin, er müßte befürchten, für verrückt erklärt und im Handumdrehen eingesperrt zu werden. Besonders, wenn man ein Thema angeht, von dem ein jeder recht bestimmte Ansichten hegt, so daß man sich darüber selbst mit freundschaftlich gesinnten Seelen nur vorsichtig austauscht. Teils, weil man sich nicht irren oder als ein in die Irre Gegangener erweisen will bei einer Sache, in der jeder Experte ist, teils, weil man sich mit einem Wissen, das nach der Beschaffenheit der eigenen Seele auf den Körper zugeschnitten ist, nur an einen Menschen wenden kann, dessen Ansichten den eigenen zumindest ähneln. Die Wahrscheinlichkeit dafür ist äußerst gering. Das Risiko, der Versuchung nachzugeben, relativ groß. Da erweist es sich als klüger zu schweigen.

Das Schweigen birgt letzten Endes kein Risiko, denn die innere Natur der Seele mit all ihren Sehnsüchten und Ansprüchen läßt sich auch ohne Worte kundtun, und wer sich mit seinem Wissen diesem präverbalen Zustand anvertraut, kann eher die Hoffnung hegen, die eine Person zu finden, mit der er vermag, sich zu verständigen. Und noch etwas: Eines der wichtigsten Stichworte bei Roland Barthes heißt: *le bruissement de la langue.* Meine Sprache, das Rauschen, macht den Anderen taub für das, was ich ihm verständlich machen möchte.

Geschieht es dennoch, daß wir das kluge Schweigen brechen und von der Liebe zu reden beginnen, so ist der Ort solcher, von Gestöhn, verträumten Pausen, Gestammel, Seufzern und Schluchzern begleiteten Gespräche eher ein dunkler Straßenwinkel oder ein Raum, der sich in die zwischen dem ersten und dem letzten Satz einsetzende Dämmerung hüllt. Noch passender als Ort dieser Gespräche ist eine Bank auf einer Waldlichtung, und sehr gut kann ich mir auch einen gepflegten alten Park vorstellen, wo leises Knirschen von feinem Kies die Schritte begleitet, wo auf Lichtungen, die im Mondschein zu schweben scheinen, Gottheiten aus porös gewordenem Stein posieren und zwischen den einzelnen Menschenworten die Nachtvögel ihre Redezeichen ertönen lassen.

Es bleibt zu fragen, warum haben wir keine für die öffentliche Rede geeignete Sprache für ein so ernstes und jedermann berührendes Thema? Warum gibt es keinen Mittelweg zwischen Obszönität und Schweigen? Warum der hölzerne Gesichtsausdruck und warum das Grinsen?

An einem der Tage, an dem ich mich auf diesen Vortrag vorbereitete, brach ich mit einem guten Freund zu einem Spaziergang auf. Er fragte nach, womit ich mich beschäftige, und ich konnte mich nicht enthalten, auf seine Fragen zu antworten. Wir liefen durch Wald und Feld, über Weg und Steg oder querfeldein. Wir verwickelten uns in eine nervenzerreißende, schonungslose und erregte Diskussion.

Wir legten fast fünfundzwanzig Kilometer zurück. In der Zwischenzeit wurde es Abend, hell leuchtender Mondschein, dann Nacht. Damals nahm ich weder wahr, wohin wir gingen noch wo wir uns befanden, das Wortgefecht beanspruchte alle meine Gehirnzellen. Heute erinnere ich mich nicht mehr an das, was wir diskutiert haben. Ich weiß auch nicht mehr, zu welchem Ergebnis wir gelangt sind, aber wir hatten vermutlich einen dem Gegenstand unserer Diskussion angemessenen Schauplatz gefunden, was mir heute viel bezeichnender erscheint als der erbitterte Schlagabtausch der Argumente und Gegenargumente.

Ich muß auf diesen Spaziergang noch zurückkommen.

Sich selbst mitten im Satz unterbrechend, gelassen lächelnd, sagt mir ein junger Mann von einnehmendem Äußeren, er sei ständig und fortwährend, sein ganzes Leben lang, seit er überhaupt nur denken könne, vom einen ins andere fallend, ununterbrochen: verliebt.

Wir befinden uns noch dazu in einer Gesellschaft und unterhalten uns über völlig andere, wenn auch nicht minder abstrakte Themen. Ich fühle mich, als würde ein Wüstenwind durchs Zimmer fegen. Diesen Satz hat er jener Leidenschaft entzogen, die er mir zugleich mittels seiner Stimme überreicht. Er spricht leiser, seine tiefe Stimme hat sich um eine Oktave nach oben verschoben. Die Veränderung von Tonlage und Tonstärke: ein Geständnis. Mund, Nase und Ohren füllen sich mir mit heißem Sand. Als sei er stolz darauf, worüber sich sein Mund beklagt. Er hat mich auserwählt, doch eigentlich weiß ich nicht, warum dieses Geständnis.

Warum ist das Geständnis die einzig anerkannte Form ernsthafter Rede von der Liebe?

Dann aber setzen wir unser Gespräch fort, als wäre sein Satz gar nicht gefallen. Wochen vergehen, ehe ich vorsichtig auf das Thema zurückkomme. Da erzählt er mir mit ruhigem Lächeln eine Geschichte, die über die Grenzen akzeptierter Gesetze so weit hinausgeht, als hätte er sie nicht selbst erlebt, sondern spräche über den Helden einer erfundenen Tragödie. Sein Geständnis berührt bei mir einen wunden Punkt, obwohl ich noch nicht einmal in Gedanken je auf ähnliches gekommen bin. Gerne würde ich ihn ausfragen, bin neugierig auf Einzelheiten, aber jede Frage wäre unangebracht und rücksichtslos, unpassend zum Genre des Geständnisses; ich schweige. Ich könnte ihm höchstens empfehlen zu beten, da mich beim Vernehmen derart schwerer Gesetzesverletzungen Angst befällt, aber ich bin kein Priester, und mit meiner aufgereizten Phantasie hätte eher ich des Gebets bedurft.

Der leidenschaftliche Satz und die als Erklärung zu begreifende Geschichte aber bleiben nun in unserer Beziehung wie Einlagerungen. Unsere Nüchternheit im Alltäglichen steht weiterhin außer jedem Zweifel, obwohl auch ich ihm von Tragödien erzählen könnte. Gelegentlich essen wir zusammen zu Abend, ich schaue zu, wie er seine Kinder badet, wir machen uns gegenseitig auf wichtige Bücher aufmerksam, all das reicht völlig aus, um regelwidrige Leidenschaften und aufgestachelte Phantasie zu überdecken. Mir geht nicht aus dem Sinn, daß wir ausschließlich Dinge tun und über Themen sprechen, für die wir beide kein wirkliches Interesse hegen. In der mentalen Kultur schreiben Gebote, Normen und Verhaltensregeln nicht nur vor, was ich nicht tun darf, sondern eben diese Verbote wecken meine Aufmerksamkeit dafür, welcher Art die Leidenschaften sind, die Gemeinschaft und Individuum trennen.

In der mentalen Kultur wird das Verletzen von Normen zur Norm der Selbsterkenntnis.

Ein Geständnis über das Verletzen von Normen bildet im Bewußtsein des Menschen eine Art Einlagerung, denn er ist diesen Normen unterworfen, und redet er darüber, wie er zur Erkenntnis seiner selbst kam, wofür der Dialog die angemessene Art des Sprechens ist, so ist er genötigt, gemäß den Normen zu sprechen. Deshalb ist das Geständnis bei wechselseitiger Anziehung allenfalls wie eine sich verkapselnde Geschwulst. Er fühlt sich zu mir hingezogen, weshalb sonst hätte er mir dies alles erzählt, und doch handelt die Geschichte nicht von mir, ich habe also weder mit ihm noch mit seiner Geschichte etwas zu tun, sie wird sich von mir unabhängig weiter verwickeln. Die Sprache des Geständnisses ist das Gegenteil des Dialogs. Auch das Geständnis vor dem Priester lege ich deshalb ab, um einen anderen, die Gefahr der Normverletzung in sich bergenden und eben einsetzenden Dialog abzubrechen. Das Geständnis ist der vereinbarungsgemäße Schein von Nähe.

Gestehst du mir, daß du mich liebst, endlich ist es hervorgestammelt, muß ich unter ähnlichem Gestammel die Welt der rauschenden Wörter verlassen, und von nun an wird das Risiko dieser gemeinsam auf uns genommenen Tat Gegenstand des weiteren Dialogs. Gestehst du mir dagegen, daß du jemand anderen liebst, so hast du mich darauf aufmerksam gemacht, warum unsere Beziehung Zuneigung bleiben muß, warum du nicht mich lieben kannst, denn du hast mich auf die Normen hingewiesen. Ein Geständnis über dich bedeutet immer das Ende eines möglichen Dialogs, ein Geständnis über mich immer den Anfang eines solchen.

Ein junger Mann von nicht minder einnehmendem Äußeren, bekannt dafür, daß er jeden Tag, den der Herr gibt, im Bett einer anderen jungen Frau beschließt, hat mich einmal mit dem wirklich logisch klingenden Geständnis überrascht, daß er noch nie verliebt gewesen sei und es aller Wahrscheinlichkeit nach auch nie sein werde. Ich hätte viele Fragen an ihn.

Woher zum Beispiel sein Wissen von etwas, das er noch nie erlebt hat? Denn würde er nicht über ein derartiges Wissen verfügen, so könnte er zwischen dem, was er eigentlich tut, und dem, was er eigentlich nicht tut, keinen Unterschied machen. Womöglich ist er jeden Abend verliebt, gesteht es sich aus Angst nur nicht ein? Lügt er, um mir ein Geständnis machen zu können? Oder nennt er die Liebe deshalb nicht Liebe, weil er auf eine vollkommenere Liebe als alle bisherigen hofft?

Auch er war stolz darauf, worüber sein Mund klagte, nur die durch kulturelle Übereinkunft vorgegebene Reihenfolge war ein wenig verändert. Als Ursache seines Stolzes nannte er den permanenten

Mangel an Liebe, die Klage galt einer Häufigkeit, die andere beneidenswert finden.

Beider Geständnisse haben sich in meinem Bewußtsein so unglücklich miteinander vermischt, daß ich bei mir selbst mitunter den einen mit dem Namen des anderen anrede.

Die Not mit der Liebe und dem Mangel an Liebe ist in der europäischen Kultur viele tausend Jahre alt. Aber egal, ob die Liebe als Not mit der Praxis oder solche des Mangels in Erscheinung tritt, immer wendet sie uns ihre beiden Gesichter zu. Schwer, bedrükkend, düster und tragisch, frivol, verlockend, unbeschwert, reizvoll, beglückend und verheißungsvoll. Licht und Finsternis.

Schon Xenophon bemerkte, die Selbstbeherrschung des Sokrates wäre nichts wert, wäre er nicht in Alkibiades verliebt.

Wenn Sokrates die Umarmungen und Küsse des Alkibiades nicht erwidert, so gilt sein Verhalten deshalb als maßvoll, weil er das Begehrte auf vernunftgemäße und den ethischen Maßstäben entsprechende Weise zu erlangen sucht. Allerdings ist auch wahr, daß all das, wodurch wir etwas vernunftgemäß und den ethischen Maßstäben entsprechend im Zeichen des Prinzips der Mäßigung zu erlangen suchen, die Wege der Befriedigung verlängert und in nicht geringem Maße auch modifiziert. Wer sich mäßigt, langt oft gar nicht dort an, wohin er aufgebrochen ist. Auch im Fall des Sokrates verhält es sich ähnlich. Er sehnt sich nach der Schönheit des Alkibiades und wird zum Liebhaber der Weisheit.

Das bedeutet aber noch lange nicht, daß er etwas verleugnen oder auf etwas verzichten würde. Die Griechen hätten jene christlichen Tugenden gar nicht verstanden, die durch Verleugnen von etwas, was vorhanden ist, oder durch Verzicht auf ein existierendes Empfinden, ein Begehren, einen Trieb eine vorgestellte Vollkommenheit zu erlangen trachten. Denn alle jene Empfindungen, Triebe und Begierden, die die mittelalterlichen Kopisten der antiken Schriftsteller tief erröten ließen, waren den Griechen als Eigenschaften der Götter gegenwärtig, so daß sie auch bei sich selbst nichts anderes entdekken konnten als etwas, das auch die Götter schon ausgeübt hatten oder das auszuüben sie bemüht waren. Wenn wir von platonischer Liebe sprechen oder den Platonismus mit Verzicht in Zusammenhang bringen, also den Begriff der Mäßigung durch den Begriff Verzicht oder gar den Begriff Verleugnung ersetzen, tun wir nichts anderes, als den ursprünglichen Sinn des Prinzips der Mäßigung mit dem christlichen Prinzip des Verzichts zuzudecken.

Sokrates, der weiseste Mann seiner Zeit. Alkibiades, der schönste Mann seiner Zeit. Der eine sehnt sich nach Schönheit, der andere nach Weisheit. Auf den ersten Blick erscheint ihre Hinneigung zueinander vollkommen wechselseitig. Alkibiades glaubt, er könne Sokrates seine Schönheit schenken und als Gegengabe dessen Weisheit erlangen. Dieser heutzutage seltsam anmutende Gedanke dürfte den Griechen nicht fremd gewesen sein, denn auch der Gastgeber Agathon lädt Sokrates mit den Worten zum Mahl: «Hierher, Sokrates, lege dich zu mir, damit ich durch deine Nähe auch mein Teil bekomme von der Weisheit, die sich dir dort gestellt hat im Vorhofe.» Auch die Götter handeln mit Eigenschaften. Sokrates nimmt Platz, spottet aber in gewohnter Weise: «Das wäre vortrefflich, Agathon, wenn es mit der Weisheit so wäre, daß sie, wenn wir einander nahten, aus dem Volleren ins Leere überflösse, wie das Wasser in den Bechern durch den Wollstreif aus dem vollen in den leeren fließt.» Das physikalische Gleichnis deutet darauf hin, daß Sokrates Weisheit nicht als etwas, das physikalischer Natur ist, betrachtet, ebensowenig die Schönheit. Andererseits hat natürlich das Wissen auch kommerziellen Wert; auch die Sophisten verkaufen ihre Weisheit gegen Bares, und außer einigen Nörglern wie Sokrates findet daran auch niemand etwas auszusetzen. So wie auch Schönheit ohne weiteres zu Geld gemacht werden kann, obschon in diesem Fall die Auffassung von Moral viel strenger ist. Wer derlei feilbietet oder von wem sich herausstellt, daß er auch nur ein einziges Mal seine Schönheit zum Handelsgut im Warenverkehr gemacht hat, kann nie mehr an der Ausübung öffentlicher Ämter teilhaben, weil er seine Freiheit ein für allemal verloren hat. In diesem Punkt sind die Griechen sehr eigen, sie treffen sogar Regelungen dafür, welche Geschenke ein Liebender einem Geliebten machen darf. Alkibiades bittet nicht um ein Geschenk; würde er das tun, wäre er auch wiederum nicht tugendhaft, und er bietet seine Schönheit auch nicht als Tauschwert an, sondern er verweist auf jenen Tauschhandel in der Liebe, die nach Auffassung der Griechen ein an sich nicht trennbares Ganzes aus Eros und Anteros ist.

Sokrates aber kann nicht an solches gedacht haben, denn bei der Prüfung seiner eigenen Liebe fragt er sich auch, was die Schönheit ist, und deshalb verlangt es ihn nicht einfach nur danach, schnell einmal von der Schönheit des Alkibiades Besitz zu ergreifen, sondern er möchte das Schöne an sich erkennen, das mehr oder anders sein muß als Alkibiades' Schönheit. Würde er diese beiden Dinge verwechseln, keinen Unterschied zwischen ihnen machen oder ihren Wert daran messen, daß das eine mit Händen zu greifen ist, das andere jedoch nicht, so ginge sein Denken fehl. Würde er hingegen nicht in Betracht ziehen, daß das Schöne in Gestalt der Schönheit des Alkibiades zum Objekt des Verlangens wird, so sagte er wiederum nicht die Wahrheit. Er weist die leidenschaftlichen Liebesgesten von Alkibiades zurück, behauptet aber von seiner eigenen Liebe nicht, sie existiere nicht. Er sagt darüber zu den anderen: «Dieses Menschen Liebe hat mir schon zu gar nicht wenig Verdruß gereicht. Denn seit der Zeit, daß dieser sich in mich verliebt, darf ich nun gar nicht mehr irgendeinen Schönen ansehen und mit einem reden, oder er ist gleich eifersüchtig und neidisch, stellt wunderliche Dinge an und schimpft, und kaum, daß er nicht Hand an mich legt.» Und wenn dem so ist, und gewiß ist es nicht anders, dann kann die Liebe zur Erkenntnis und Weisheit in Alkibiades nicht geringer sein, als sie in Sokrates ist.

In der undurchdringlich dichten Finsternis europäischen Denkens ist dies das einzige Fünkchen Licht. Ich breche in Richtung dieses winzigen Lichtpunkts selbst dann auf, wenn ich weiß, daß ich ihn nie erreichen werde.

Beim Nachsinnen über das Wesen der Schönheit

und der Liebe folgt Sokrates der Lehre der Diotima. Ich finde die Frage weder besonders interessant noch irgendwie entscheidend, wessen Geistesprodukt diese Figur einer weisen Frau aus Mantineia nun ist, ob das von Sokrates oder eher von Platon, wie es der Lehre der Diotima auch nicht mehr Gewicht oder Authentizität verleihen würde, wenn sich herausstellte, daß sie wirklich gelebt hat. Zu jener Zeit lebten sicher viele solcher weisen Frauen in den Heiligtümern. Auch später gab es solche Priesterinnen; so sucht Giton, in Encolpius verliebt, in seiner großen Not eine von ihnen auf. Doch auch die heilige Theresa von Avila spricht nicht von anderem als ihre Genossinnen früher. Ihr Wissen geht von Mund zu Mund durch die europäischen Jahrhunderte. Ich neige dazu, der Annahme Glauben zu schenken, daß, was diese Lehre angeht, Sokrates ein Ohrenzeuge war und daß Platon uns sein Wissen mit den Worten vermittelt, mit denen es Apollodor, sich auf die Erzählung des Aristodem berufend, auf dem Weg nach Athen Glaukon berichtet. Meine Neigung nährt sich aus der Erfahrung, daß wir nichts anderes tun können, als einander zu folgen.

Nichts anderes sagt auch Diotima zu Sokrates: «Versuche nur zu folgen, wenn du es vermagst.» Sokrates jedenfalls versucht es, und so ist es auch nicht die Schönheit des Alkibiades, die ihm Not macht, wie wir das aufgrund einer mit den Prinzipien und der Praxis mönchischer Moral beladenen Überlieferung späterer Jahrhunderte zu wissen glauben, sondern jene für alle beide so charakteristische Wißbegierde, die sich über den Anderen auf etwas anderes richtet. Dieses *Andere* kann jedoch weder mit Schönheit noch mit Weisheit oder Liebe identisch sein, es muß vielmehr das Prinzip all dieser Dinge sein. In Sokrates geraten die Schönheit und die Liebe «dieses Menschen» in Konfrontation zur Lehre vom Wesen des Schönen und der Liebe an sich.

«Wer nämlich auf die rechte Art diese Sache angreifen will, der muß in der Jugend damit anfangen, schönen Gestalten nachzugehen, und wird zuerst freilich, wenn er richtig beginnt, nur *einen* solchen lieben und diesen mit schönen Reden befruchten, hernach aber von selbst innewerden, daß die Schönheit in irgendeinem Leibe der in jedem andern verschwistert ist und es also, wenn er dem in der Idee Schönen nachgehen soll, großer Unverstand wäre, nicht die Schönheit in allen Leibern für eine und dieselbe zu halten, und wenn er dessen innegeworden, sich als Liebhaber aller schönen Leiber darstellen und von der gewaltigen Heftigkeit für *einen* nachlassen, indem er dies für klein und geringfügig hält. Nächstdem aber muß er die Schönheit in den Seelen für weit herrlicher halten als die in den Leibern, so daß, wenn einer, dessen Seele zu loben ist, auch nur wenig von jener Blüte zeigt, ihm das doch genug ist und er ihn liebt und pflegt, indem er solche Reden erzeugt und aufsucht, welche die Jünglinge besser zu machen vermögen, damit er selbst so dahin gebracht werde, das Schöne in den Bestrebungen und in den Sitten anzuschauen, um auch von diesem zu sehen, daß es sich überall verwandt ist, und so die Schönheit des Leibes für etwas Geringeres zu halten. Von den Bestrebungen aber muß er weiter zu den Erkenntnissen gehen, damit er auch die Schönheit der Erkenntnisse schaue und, vielfältiges Schöne schon im Auge habend, nicht mehr dem bei einem einzelnen, indem er knechtischerweise die Schönheit eines Knäbleins oder irgendeines Mannes oder einer einzelnen Bestrebung liebt, dienend sich schlecht und kleingeistig zeige, sondern auf die hohe See des Schönen sich begebend und dort umschauend, viel schöne und herrliche Reden und Gedanken erzeuge in angemessenem Streben nach Weisheit, bis er, hierdurch gestärkt und vervollkommnet, eine einzige solche Erkenntnis erblicke, welche auf ein Schönes folgender Art geht. Hier aber, sprach sie, bemühe dich nur, aufzumerken, so sehr du kannst.

Wer nämlich bis hierher in der Liebe erzogen ist, das mancherlei Schöne in solcher Ordnung und richtig schauend, der wird, indem er nun der Vollendung in der Liebeskunst entgegengeht, plötzlich ein von Natur wunderbar Schönes erblicken, nämlich jenes selbst, o Sokrates, um deswillen er alle bisherigen Anstrengungen gemacht hat, welches zuerst immer ist und weder entsteht noch vergeht, weder wächst noch schwindet, ferner auch nicht etwa nur insofern schön, insofern aber häßlich ist, noch auch jetzt schön und dann nicht, noch in Vergleich hiermit schön, damit aber häßlich, noch auch hier schön, dort aber häßlich, als ob es nur für einige schön, für andere aber häßlich wäre. Noch auch wird ihm dieses Schöne unter einer Gestalt erscheinen, wie ein Gesicht oder Hände oder sonst etwas, was der Leib an sich hat, noch wie eine Rede oder eine Erkenntnis, noch irgendwo an einem andern seiend, weder an einem einzelnen Lebenden, noch an der Erde, noch am Himmel; sondern an und für und in sich selbst ewig überall dasselbe seiend, alles andere

Schöne aber an jenem auf irgendeine solche Weise Anteil habend, daß, wenn auch das andere entsteht und vergeht, jenes doch nie irgendeinen Gewinn oder Schaden davon hat, noch ihm sonst etwas begegnet.»

Sicher soll es nicht genannt werden. Aristoteles spricht später von Metaphysik. Und wie erscheint all das in unserem Verständnis, in unserer Sprache? Als ausgemachte Grobheiten!

Das Maß des Körpers ist die Schönheit, es ist dies aber ein Maß, das nicht in einem Körper zu fassen ist. Das Maß der Seele sind ihre Werte, die sich durch Gesten und Handlungen unmittelbar Geltung verschaffen, heute würden wir sagen, sich objektivieren lassen. Doch das ist nicht die Liebe zum Schönen.

«Da ich nun glaubte, daß er sich ernstlich Mühe gäbe um meine Schönheit, hielt ich das für einen herrlichen Fund und für ein überaus glückliches Ereignis, weil es nun in meiner Gewalt stände, wenn ich mich dem Sokrates gefällig erwiese, alles zu hören, was er wüßte. Denn ich bildete mir schon wunder wieviel ein auf meine Schönheit.»

Alkibiades wünscht sich in dieser in ethische und ästhetische Aspekte zerlegbaren Liebe von Sokrates etwas, was der Lehre, die eben diese Aspekte als Einheit darstellt, widerspricht. Das ist die Not des Alkibiades, und bis auf den heutigen Tag ein wenig die von uns allen. Es ist aber zugleich die Not des Sokrates, weil er angesichts der Schönheit des Alkibiades «nämlich auch nicht ein Abbild berührt, sondern Wahres, weil er das Wahre berührt».

Der Mensch der mentalen Epoche kommt weniger auf Sokrates als auf Alkibiades. Alkibiades ist unser Held, Sokrates aber bleibt unser heimliches Ideal.

Würde Sokrates die Umarmungen und Küsse von Alkibiades erwidern, würde er nicht das Schöne, sondern den schönen Körper des Alkibiades berühren; nicht das Wirkliche, sondern dessen Abbild. Das ist so schwer nicht zu verstehen. Alkibiades versteht es nicht. Dabei wünschte er, Weisheit zu vernehmen, und er vernimmt genau das, was er wollte: *le bruissement de la langue.*

Die Menschen finden einander schön, häßlich oder sind einander schlicht gleichgültig, und von ihrem ästhetischen Urteil geben sie durch Zuneigung, Abneigung oder durch gleichgültiges Verhalten Kunde. Diese dem ästhetischen Urteil entsprechenden Verhaltensweisen bestehen in jedem Fall aus wechselseitig ausgetauschten rituellen Zeichen, die wechselseitig zur Kenntnis genommen werden müssen. Doch mit dem rituellen Austausch von Zeichen wird das Feld der ästhetischen Urteile verlassen, und ihr Fragen bezieht sich in der Folge darauf, wie der ethische Wert desjenigen ist, den man zuvor für schön, für häßlich oder eben für reizlos befunden hat. Ist häßlich identisch mit schlecht, schön mit gut, bin ich vielleicht deshalb gleichgültig geblieben, weil ich Angst habe, mir diese Fragen zu stellen? Kann sich der/die Häßliche womöglich als gut herausstellen oder wird sich gar als schlecht erweisen, die/den ich zuvor schön genannt habe?

Wenn wir, auf diese Fragen Antwort erhoffend,

einander berühren, erfordert das Ritual, die Augen zu schließen. Das rituelle Schließen der Augen bedeutet den wechselseitigen und vereinbarungsgemäßen Abschluß der ästhetischen Prüfung, was zugleich die versuchsweise Anerkennung der Schönheit ist, die der Andere in meinen Augen besitzt. Die Anerkennung ist eine versuchsweise, weil wir Antwort auf die grundlegende Frage der klassischen Ethik suchen, ob das Schöne mit dem Guten identisch ist, ob diese beiden sinnlichen Wahrnehmungen einander widersprechen oder ob sie kongruent sind.

Wenn jemand in dieser heiklen Situation die rituellen Regeln verletzt und die Augen nicht schließt oder sie später doch noch öffnet, so bezieht sich seine Neugier schon nicht mehr auf die ästhetische Beschaffenheit des Anderen, sondern er will sich überzeugen, ob dieser ihn tatsächlich für gut befindet, beziehungsweise ob der von ihm für gut befundene Andere ihn in gleicher, ähnlicher oder sehr verschiedener Weise für gut befinden wird. Aber ganz gleich, ob diese Empfindung wechselseitig oder einseitig ist, hat das ästhetische Urteil nun schon deshalb keine Bedeutung mehr, weil die Gesichtszüge sich im Vergleich zu dem Zuneigung, Abneigung oder Gleichgültigkeit auslösenden Zustand völlig verändert haben, neu geordnet oder sogar bis zur Unkenntlichkeit verzerrt sind, und der Anblick des Gesichts des Anderen darauf schließen läßt, daß die Veränderung jenes Zustands, der eben noch als Schönheit galt, wechselseitig ist.

Wenn die Körper zweier Menschen miteinander in die Lust eintauchen, verlieren sie in dem Maße an

Schönheit, wie sie das Gute in sich anwachsen fühlen. Und wenn das angestaute Gute in einer Serie von Explosionen durch Jahrtausende hindurchbricht, dann haben die beiden sich von jenem Zustand, in dem Schönheit noch von Bedeutung war, ziemlich weit entfernt. Formen der Dynamik sind mit Kategorien der Ästhetik nicht zu beurteilen. Und auch die ethischen Kategorien gelten nicht mehr, denn ich kann von etwas nur so lange sagen, es ist gut, solange der Gegensatz schlecht existiert.

Sokrates versinkt verliebt in die Betrachtung der Schönheit des Alkibiades. Den Liebhaber des Schönen kann es nicht danach verlangen, diese Schönheit zu verlieren oder etwa zum Guten zu verwandeln, denn er will zum Wesen der Schönheit des Anderen vordringen. Folglich daf er sie also nicht berühren, denn er weiß nicht nur, daß sie nicht zu fassen ist, sondern auch, daß er sie durch Berühren verlieren würde, so daß ihm allenfalls das Wissen darüber bliebe, ob ihm all das, was er als schön befunden, auch gut erscheinen wird. Er will nicht zu dem gelangen, was für ihn gut ist, sondern zur Wahrheit des Guten, folglich kann er also die Schönheit nicht in ihrem äußeren Schein vergeuden, sondern muß danach trachten, ihrer in ihrer wahren Gestalt teilhaftig zu werden.

Eros kann weder schön noch gut sein, und wenn er weder als das eine noch als das andere bezeichnet werden kann, so ist er kein Gott, der ja über die eine oder andere Eigenschaft verfügen müßte, sondern ein Dämon, ein Mittler zwischen den Eigenschaften von Sterblichen und Unsterblichen.

Sokrates hört beim Anblick der Schönheit des Alkibiades seinen eigenen Dämon sprechen.

Alkibiades hingegen erkennt in der Weisheit des Sokrates seinen eigenen Dämon nicht.

Von Sokrates hat man völlig zu Recht behauptet, er habe mit seinem Denken die Jünglinge Athens verdorben. Er sagte nicht nur von Eros, dieser vermittele als Dämon, sondern auch, daß er selbst nichts anderes tue, als dem Wink seines Dämons zu folgen, und empfahl so auch anderen, auf die Stimme von Vermittlern und Begleitern zu achten. Damit aber sagte er nicht nur aus, daß Eros kein Gott ist, sondern trennte, das mythische Bewußtsein zertrümmernd, Himmel und Erde voneinander. Das über ihn verhängte Todesurteil ist im Sinne des mythischen Bewußtseins ebenso gerechtfertigt wie Jahrhunderte später die Verfolgung Galileis.

Sokrates ist aller Wahrscheinlichkeit nach der erste Mensch, der die Schwelle vom mythischen zum mentalen Bewußtsein überschreitet. Bevor er etwas tut, will er wissen, warum er es tut; er gibt sich nicht mit dem Bewußtsein zufrieden, jedes irdische Tun habe sein himmlisches Muster im Tun der Götter. Und die Antworten, die auf diese Fragen zu geben sind, erweisen sich als wichtiger als die das Tun auslösenden rohen Beweggründe. Auf diese Weise wird die Mentalität der menschlichen Wesen sichtbar ebenso wie der Unterschied der Mentalitäten. Genauso steht es bei ihm mit den Gefühlen. Er sieht nicht die Gefühle als das Wirkliche an, sondern strebt, seinen Gefühlen folgend, zu jener Wirklichkeit, in der seine Gefühle gründen. Das Verhältnis zwischen den Göttern und den Menschen, zwischen Himmlischem und Irdischem, wird so ein durch Erkenntnis oder die Möglichkeit der Erkenntnis Vermitteltes, und die Verkörperung des Vermittelten und des Vermittelns sind die Dämonen.

Im Gegensatz zu Sokrates ist Alkibiades mit Leib und Seele ein Mensch des mythischen Bewußtseins. Mit seiner Schönheit kommt er nach den Göttern, und wie die Götter einander ihre Güter nehmen, geben, stehlen, eintauschen und vertauschen, so sucht auch er auf dem Wege des Tauschhandels zu erwerben, was er haben will. Er möchte so weise sein, wie er schön ist, und im Sinn des mythischen Denkens ist dieser Wunsch auf das nachdrücklichste gutzuheißen. Wenn er betrunken beim Gastmahl auftaucht und gegen die Tür von Agathons Haus hämmert, gründet seine wütende Leidenschaft darin, einem Menschen begegnet zu sein, der seine göttliche Gabe, die (physische) Schönheit seiner Gestalt, nicht als Tauschwert für Weisheit ansehen kann, da er es gerade als Voraussetzung von Weisheit betrachtet, nach der sich nicht in der Gestalt offenbarenden (metaphysischen) Schönheit zu trachten, und bei dieser einsamen Arbeit würde die Berührung mit der Gestalt, die Erwiderung der Umarmungen und Küsse ihn in jedem Fall nur behindern.

Die Wut des Alkibiades ist verständlich. Wenn zwischen den als göttliche Gaben verstandenen Eigenschaften zweier Menschen nicht Wechselseitigkeit in der Liebe (Eros und Anteros) entstehen kann, dann können sie mit ihrem Selbstverständnis nichts anfangen. Nicht nur daß Sokrates von niemandem Geld oder Gut als Gegenwert für Weisheit annimmt, er ignoriert auch das himmlische Gut, das Alkibiades' kostbarster Besitz ist. Jeder kann sehen, daß Sokrates die Götter schmäht. Was natürlich nicht stimmt. Sokrates ist sehr wohl an den kostbarsten Besitz des Alkibiades gefesselt. Wie hätte er auch ohne diesen jene wahre Schönheit schauen können, zu der sich die Schönheit in Gestalt des Alkibiades verhält wie der Teil zum Ganzen. Und wenn wir schon von Begehren reden, wer würde nicht eher nach dem Ganzen streben?

Sokrates ist in dieser Geschichte derjenige, der weiß, daß «das Auge des Geistes ... erst scharf zu sehen (anfängt), wenn das leibliche von seiner Schärfe schon verlieren will».

Würden wir jungen Menschen sagen, daß sie, ganz gleich, ob sie ihre Wahl dank peinlichst beobachteter Kriterien treffen oder wahllos vorgehen, vor ihrem dreißigsten Lebensjahr nicht den Hauch einer Ahnung haben, mit wem sie sich auf Berührung einlassen, wären sie sicher gekränkt.

Ich wüßte nicht, wer meine Geliebte ist? Ich wüßte nicht, wer mein Geliebter ist? Wäre dem vernunftlosen Tier gleich, das sich witternd seinen Partner sucht?

Auf die Frage «was für ein» wird der Charakter keines einzelnen Menschenwesens je Antwort geben. Du sprichst einmal diese und ein andermal jene seiner Eigenschaften an, doch du kannst nicht wissen, Teil welchen Ganzen das ist, was du ansprichst.

Wenn du noch ein Wort sagst, schlage ich zu!

Gut, sage ich nichts mehr davon, sondern rede von etwas anderem.

An einem der Tage, als ich mich auf diesen Vortrag vorbereitete, habe ich mir einen längeren Geländelauf verordnet. Wenn man über etwas ernsthaft nachdenken will, ist es sehr empfehlenswert, nach einer Tätigkeit zu suchen, die denken nicht erfordert oder geradezu überflüssig macht. Es war ein trockener Frühling, ich konnte nach Belieben wählen, die Feldwege waren nicht aufgeweicht; es wurde früh dunkel. Zur blauen Stunde der Dämmerung wird man besonders blind für alles, was um einen herum, und taub für alles, was in einem ist. Die Konturen der Gedanken verblassen. Man muß nicht mehr unter mehreren wählen. Es ergibt sich nichts mehr, um es anzufechten.

Ob bedeckt oder klar, die Höhe bekommt größere Bedeutung als Weite oder Tiefe. Die große Glocke legt sich über dich, du bist in dir selbst eingeschlossen, was zugleich bedeutet, daß du gerufen bist. Der Schweiß, eine dünne Schleimhaut auf dem Gesicht, er darf nicht abgewischt werden, auch nicht, wenn es tropft, auch nicht unter dem Vorwand, es juckt, darf diese Hülle verletzt werden, denn sie schützt die nackte Haut vor Unterkühlung. Der Körper weiß, was er tut. Ich dachte überhaupt nichts. Das heißt natürlich alles zugleich, doch ohne eine Wahl zu treffen, ohne all die gewärtigen Dinge in Zusammenhang zu bringen. Bilder, Vorstellungen, Bruchstücke einst aufgegebener Sätze, flüchtige Entwürfe möglicher Antworten, Prismen aufleuchtender und wieder erlöschender Erregung und Empfindungen schoben sich träge in- und übereinander; es geschah nur, was den Bedürfnissen und dem Rhythmus des Laufens gemäß war.

Der Langstreckenläufer muß so haushalten, daß ein Gefälle nicht Erleichterung und eine Steigung nicht Beschwernis wird. Seine Beine tragen ihn bergauf, bergab, die Beine sollen ihn von diesem Geländepunkt zum nächsten bringen, doch all das ist nur scheinbar sein Bedürfnis. In Wahrheit möchte er die in ihm lebendige Idee von Gleichmaß erreichen. Könnte er die erreichen, so gäbe es keinen Unterschied mehr zwischen Hang und Steigung, und es gäbe natürlich auch kein flaches Gelände mehr. Dazu aber müßte er sein wie sein gesund und gleichmäßig schlagendes Herz, das nicht fragt und sich nie falsch bemißt, sondern so schlägt, wie sein eigenes Vermögen es bestimmt. Ich bin anders.

Wenn ich auf einer endlosen Steigung den Atem aus mir als Schrei herausbrechen lasse, dann führt die Anstrengung nicht zur Verkrampfung, das habe ich schon früher festgestellt. Das bedeutet aber noch lange nicht, daß der an seine Bemühungen gefesselte und mit dem eigenen Körper konfrontierte Mensch in der Landschaft nach Lust und Laune herumbrüllen kann, sondern der Schrei hilft nur in dem Maß und nur dann, wenn und wie seine Atmung es verlangt. So er wenigstens seine Bemühungen dem Wissen des Körpers überläßt. Als würdest du die Schreie eines Fremden hören. Als wäre dein Schrei gewürzt mit dem Geschmack von Schmerz und Lust und hätte nichts mehr zu tun mit der erforderlichen Anstrengung. Im Gegenteil. Es ist, als müßten diese aus der Seelenlandschaft kommenden Laute deinen

Körper deshalb verlassen, weil sie sich hinsichtlich der körperlichen Anstrengung als ein größeres Hindernis erweisen als die Steigung selbst. Und haben sie den Körper verlassen, ist da nur noch Atmung, Herz, Muskel.

Was für ein Aberwitz.

Ist noch nie jemand aufgefallen, daß uns eingedenk der Liebesgeschichten, die die europäische Literatur hervorgebracht hat, die Lust am Verliebtsein eigentlich vergehen müßte?

Doch selbst angesichts noch so vieler Niederlagen und Verwüstungen, wo ist der, dem die Lust an der Liebe vergangen wäre?

Warum trotz alledem dieser ungeheure Aufwand von Tränen und Blut, von Dolchen, Gift und Rache und wozu solch maßlose Raserei, Wahnsinn, Wehgeschrei, Hysterie?

Bin ich nicht anders als alle anderen, kann mir geschehen, was allen anderen geschieht?

Wer hat die hohe See des Schönen gesehen? Wer hat sie überquert? Wozu die Täuschungen?

Wird erneut geschehen, was gestern geschah? Warum sollte gerade ich durch die endlose Wüste von Trübsal, Zweifel und Schmerz wandern?

Oder verhält es sich damit eigentlich umgekehrt und ich sollte die endlose Wüste von Trübsal, Zweifel und Schmerz nur deshalb durchwandern, um dann zu glauben, in einer Pfütze faulen Wassers die unendliche See des Schönen zu entdecken?

Solche Dinge habe ich mich gefragt, während ich den Gipfel der Anhöhe erreichte.

Und wenn dem so ist, wenn die Liebe das ist, wenn

es anders nicht geht und nicht anders sein kann, dann lieber den Tod? Warum entscheiden sich die prächtigsten Helden in unseren beliebtesten Liebesromanen so?

Man müßte dem einmal nachgehen, seit wann und warum in der europäischen Literatur die Liebe mit dem Tod in Verbindung gebracht wird. Sollte diese Verbindung so selbstverständlich sein? Sehnt sich, wer einen Liebesroman liest, nach dem Tod?

Sprechen Sokrates und Flaubert von demselben Menschen? Und wenn nicht, was der Fall ist, müssen wir dann die Menschen doch nicht nach den Bedingtheiten ihres Wesens, sondern nach den historischen Bedingungen einer Epoche unterscheiden?

Hat Orpheus seine Geliebte nicht aus dem Totenreich zurückhaben wollen? Warum stoßen die Helden unserer beliebten Liebesromane ihre Geliebten in den Tod? Wenn nicht sie, wer dann?

Das Schicksal? Was ist das? Gott? Wer ist das?

Nein, Orpheus will die Geliebte nicht dem Tod, sondern den Händen einer ansprechbaren Person entreißen. Aber wo ist in unserem Tod noch die ansprechbare Person? Im Deutschen ist er männlich, im Französischen weiblich. Deutet das nicht darauf hin, daß es so etwas gegeben hat? Daß da jemand war, mit dem man etwas bereden konnte?

Wäre Julia geduldiger, würde dann auch Romeo nicht sterben müssen?

Warum haben wir es über so viele Jahrhunderte hindurch für schön gehalten, unglücklich zu sein, warum genießen wir es, das Leiden anderer zu betrachten, wenn wir doch der Ansicht sind, daß es nicht gut ist?

Müßten wir die Unbeholfenheit von Tristan und Isolde nicht eher belustigend finden?

Und warum gibt es nicht nur solche Liebesgeschichten nicht mehr, sondern gar keine mehr?

Mit mir stiegen die Schreie meines Atmens auf. Als täte er ein gleiches, legte sich der Abendnebel über die Täler, die ich hinter mir ließ.

Eros, so lehrte Diotima, ist das Verlangen, das Gute für immer zu besitzen. Diotima lehrt, daß glückselig ist, wer das Gute erlangt. Und so wir wollen, daß es uns für immer bleibt, so lehrt Diotima, dann ist *dies* das Verlangen nach Unsterblichkeit. Diotima lehrt, daß die Liebe «eine Ausgeburt in dem Schönen sowohl dem Leibe als der Seele nach» ist. Diotima lehrt, daß die, die «nun dem Leibe nach zeugungslustig sind», sich mit ihrer Fruchtbarkeit Unsterblichkeit erwerben; die aber, die «noch mehr in der Seele Zeugungskraft haben», umhergehen, «das Schöne zu suchen» – ihre Seele erhebt sich zu dem einzig Wirklichen, von dem alles andere nur Abbild ist.

Es ist demnach ordentlich aufgeteilt, was der Erde und was des Himmels ist.

«Kommt dann zu ihm ein Engel, ein Mittler, einer aus tausend, kundzutun dem Menschen, was für ihn recht ist, so wird [Gott] ihm gnädig sein...» (Hiob 33,23). *Sollte zwischen dem Engel der Juden, dem Dämon der Sokratiker und dem Jesus der Evangelisten, zumindest ihrer Funktion nach, keinerlei Unterschied bestehen?* Das Gesetz «ist verordnet von Engeln durch die Hand eines Mittlers» (Gal. 3,19). «Denn es ist ein Gott, und ein Mittler zwischen Gott und den Menschen, nämlich der Mensch Christus Jesus.» (1. Tim. 2,5) «Und darum ist [Christus] auch ein Mittler des neuen Bundes...» (Hebr. 9,15) *Mehr noch, selbst diese göttlichen Wesen sollten nicht unbedingt notwendig sein, weil auch ein gewöhnlicher Sterblicher vermitteln kann?* «Nun hat [unser Hohepriester] ein besseres Amt erlanget, wie er ja auch Mittler eines besseren Bundes ist, der auf besseren Verheißungen steht.» (Hebr. 8,6) *Die mythische Kultur institutionalisiert die Magie, obgleich sie sie abgeschafft hat. Sollte sie die magische Tradition doch an die mentale Kultur weitervererbt haben?*

In der magischen Kultur liegt die Voraussetzung der Vermittlung im außergewöhnlichen Wesen des Mittlers verborgen, wie auch die gesuchten beschworenen oder beschwörbaren Kräfte in den außergewöhnlichen Dingen selbst verborgen liegen. In der mythischen Kultur muß der Mittler in gleicher Weise ein außergewöhnliches Wesen sein, und auch seine Außergewöhnlichkeit liegt in nichts anderem als in seinem Wesen verborgen, doch seine institutionalisierte Aufgabe besteht darin, auch andere mit den Merkmalen des Außergewöhnlichen ausgestattete Personen in das Mysterium der verborgenen Beziehungen einzuweihen, die er aufgrund ihrer Charaktereigenschaften als in angemessenem Maß außergewöhnlich ansieht. Das Wissen um die verborgenen Bezugssysteme kann unter bestimmten Bedingungen erworben werden, es liegt nicht allein im Gegenstand, sondern kann dem Menschen durch den Menschen vermittelt werden. In der mentalen Kultur kann jeder vermitteln, der dafür eine der allgemeinen Übereinkunft entsprechende rechtliche Vollmacht erhalten hat, und eine solche Vollmacht gründet nun nicht mehr im Ensemble der Eigenschaften, dem Wesen der Person, und erst recht nicht in der wie immer gearteten Außergewöhnlichkeit dieses Wesens, sondern in ihrem Wissen. Der Seelenführer der mentalen Kultur, ob Priester oder Psychiater, wahrt zwar in seinen Gesten das Magische, doch nicht, weil er etwa durch die Außergewöhnlichkeit seines Wesens dazu prädestiniert wäre, sondern weil er dafür aufgrund seiner Gelehrsamkeit von anderen gelehrten Menschen rechtliche Vollmacht erhalten hat. Ein solcher Seelenführer ist befugt, einen jeden an der Kommunion teilhaben zu lassen, die sich nicht mehr auf die zwischen Himmel und Erde waltenden geheimen Bezugssysteme bezieht, sondern nur auf die bloße Reproduktion, das juristische Reglement der Beziehungen und die Normen des Zusammenlebens von Menschen, die der Geltung ihres Charakters beraubt sind.

So wird die *communio sancti* zur *communio incidens*, anders gesagt, ich werde durch die verfestigte magische Überlieferung bewogen, Zufälliges für heilig zu halten, wenn die allgemeine Übereinkunft ihren Segen dazu gegeben hat.

Der einzige Gott des Menschen der mentalen Epoche ist sein eigenes Normensystem. Aufgrund einstudierter Kenntnisse geweihte Priester und aufgrund ihres Studiereifers berufene Seelendompteure werden mich natürlich nicht auf die hohe See des Schönen führen, sondern in die Wüste der Aussichtslosigkeit. Und mich dort mir selbst überlassen.

In der abendländischen Literatur gibt es zwei dem Wesen nach entgegengesetzte Darstellungsweisen der Liebe: die von gesellschaftlichen Bedingungen bestimmte (Romeo und Julia) – in diesem Fall erscheint die Liebe als Gegenstand sozialer Konflikte – und die von individuellen Daseinsbedingungen bestimmte (Sokrates und Alkibiades) – in diesem Fall erscheint die Liebe als Gegenstand des Konflikts verschiedener Charaktere.

Ein gemeinsamer und charakteristischer Zug beider Arten der Darstellung ist, daß die Liebenden irgendein *Hindernis* überwinden müssen, damit ihre Liebe *sich erfüllen* kann, doch ganz gleich, ob das Hindernis den Umständen oder Charakterverschiedenheiten entstammt, Erfüllung ist ihnen verwehrt, das Hindernis aus dem Weg zu räumen wird nicht gelingen. Geht die Verhinderung aufs Konto der Umstände, so ist es eine Nichterfüllung der tragischen Art, denn was die Liebenden wollen, steht und fällt damit, was die anderen wollen, und der Wille der anderen ist stärker. Ist das Hindernis im Unterschied ihrer Wesensart begründet, so ist es ein Konflikt der komischen Art, denn was können schon zwei Menschen voneinander wollen, die so gar nicht füreinander geschaffen sind.

Die Liebesempfindung wird in der abendländischen Literatur als Tätigkeit aufgefaßt und durch das Medium der Hindernisbeseitigung geschildert. Es ist, als würden wir vom Wind reden. Jeder spürt ihn, auch ein Blinder kann einen Orkan sehr gut von einer Brise unterscheiden, aber es gibt niemanden, der ihn auch nur ein einziges Mal sah. Der Wind wird, wie die Liebe, in seinem Wirkungsfeld sichtbar; wie er, sagen wir, die glatte Wasseroberfläche kräuselt, Wellen aufpeitscht, übers Gras fegt, Bäume krümmt und so weiter.

Will ich die Liebe zum Gegenstand meiner Betrachtung machen, dann muß ich meine Aufmerksamkeit vom Gefühl selbst abwenden und die in ihrem Wirkungsfeld sich manifestierenden Erscheinungen (zum Beispiel, daß ich fühle) zu all dem in Beziehung setzen, was nicht bloß als Empfindung gegenwärtig ist. Ich spüre den Wind auf meinem Gesicht, oder es geht kein Wind und ich spüre ihn nicht, und spüre ich ihn nicht, so geht auch kein Wind.

Wird die Liebe als Gefühl aufgefaßt, kommt das dem Denken natürlich sehr gelegen, denn dann habe ich etwas, worüber ich grübeln kann; was ist es, mein Liebesgefühl, das eben kein Gegenstand ist, nicht sichtbar, nicht greifbar, weder nach Gewicht noch nach Länge meßbar, über das ich keine mitteilbaren Angaben habe, so daß ich nicht einmal wissen kann, ob es überhaupt teilbar ist, gar mit jener Person, auf die es sich meinen Gefühlen nach richtet, ebensowenig wie ich etwas über seine innere Natur wissen kann und über den Ort seiner Herkunft, es ist vielmehr, als hätte dieses ohne Zweifel spürbare Etwas kein Äußeres noch Inneres, weder Tiefe noch Weite, weder Farbe noch Konsistenz, und obwohl ich mich daran noch erinnern kann, daß es nicht immer zu fühlen war, so wie man auch den Wind nicht spürt, wenn er nicht weht, so ist es doch, seit es vorhanden ist, als sei es schon immer dagewesen, obwohl nicht sein Vorhandensein, sondern nur seine Wahrnehmung von mir abhängig ist.

So kommen wir zu der Schlußfolgerung, die Liebe

sei irgendein fremdes Ding, das zum Glück oder Unglück von uns gerade Besitz ergriffen hat; und dies ist eindeutig eine Vorstellung magischer Art.

Als hätte diese Physis, die ich bin, dieses lieblos auf sich selbst zurückgeworfene Muskelbündel, nur darauf gewartet, daß es da sei und von ihm Besitz ergreife, doch seit es da ist und in ihm ist, unbekannt, seit wann, und seitdem auch unbekannt, auf welche Weise, ist es, als sei mein schlummernder Körper geweckt von etwas, was zugleich nicht Teil von mir ist, nicht ein Glied des Körpers oder ein bis jetzt noch nie bemerktes inneres Organ, denn diese geben nur dann Signale von sich, wenn sie sich durch irgendeine Krankheit verändern; die geweckte Empfindung ist also nicht lokalisierbar, verändert zudem ständig ihren Ort, ist mal hier, mal dort, und immer als ein Zeichen von unterschiedlicher Qualität, mal ist sie nicht größer als ein Nadelstich, mal sprengt sie das Körperschema, ist Ohnmacht oder wird zum leichten Schauder auf der Hautoberfläche; summa summarum: es ist, als wäre sie umfassender, als ich selbst meiner physischen Gestalt nach bin. Denn sie strahlt nicht nur aus auf alles, durchstrahlt alles und erweckt so den Eindruck, als würde sie mich der Wirkung von Zeit und Umständen entziehen, die für die physische Existenz gelten, ein Vorgefühl auf die Ewigkeit, welche sich nicht aus Teilen, die gegenwärtig, vergangen und zukünftig sind, zusammensetzt, sondern sie projiziert und überträgt zugleich auch jene Dinge und Objekte auf mich, in denen sie sich manifestierend mir mal dieses, mal jenes ihrer Gesichter aufscheinen läßt, und während ich auf das Eine, Einzige ausgerichtet bin, läßt sie mich am Erlebnis der unermüdlichen und unerschöpflichen Mannigfaltigkeit teilhaben, was ich wiederum mit Vollkommenheit in eins zu setzen bereit bin. So, als würde ich sagen, daß ich zwar nicht viel über sie weiß und auch nicht mit vernünftigen Worten über sie zu reden imstande bin, daß sie mir aber all das zur Hand gibt und für mich durchlässig macht, was *nicht ich* bin.

Dem sitzt die abendländische Literatur blauäugig auf. Sie macht die Dinge, durch die das Liebesgefühl eigentlich hindurchgeht, namhaft, sagen wir, sie spricht aus der Sicht des einen Liebenden über den anderen, oder sie benennt all die Zusammenhänge und Bezugssysteme, die von den Liebenden berührt werden. Im ersten Fall bindet sie die Liebe an den Charakter und vergegenständlicht sie darin, im anderen Fall an die gesellschaftlichen Normen des menschlichen Zusammenlebens. Im ersten Fall beurteilt sie die Liebe unter ästhetischen und ethischen Aspekten, im anderen unter den historischen Aspekten der Kultur. Der Wahl ihres Gegenstandes entsprechend sagt sie eine Menge aus über die Beschaffenheit von Charakteren, ihre Unterschiedlichkeit und die Natur der daraus resultierenden Konflikte, und damit auch über die Formationen, in denen Menschen zufrieden oder unzufrieden zusammenleben beziehungsweise schon ihr bloßes Dasein fraglich wird, wobei durch die Infragestellung auch die eine oder andere Deklaration der Kultur angreifbar gemacht wird.

Es kann uns nicht verborgen bleiben, daß die Literatur auf diese Weise nicht über die Liebe, sondern lediglich über das Kräftefeld der Liebe spricht, und nicht einmal über das Liebesgefühl, denn darüber wiederum spricht sie so, als sei es eine Tätigkeit, ein Gegenstand oder gar ein Zustand. Die abendländische Literatur begreift das von Natur aus wechselseitige Liebesbegehren in Analogie zur Wißbegierde, obwohl letztere ihrer Natur nach einseitig ist. Das eine ist ein *Sich-wechselseitig-auf-etwas-Beziehen*, das andere ein *Sich-auf-etwas-Beziehen*.* Mit dem Unterschied zwischen Aufmerksamkeit und wechselseitiger Aufmerksamkeit hat jeder seine Erfahrung.

Heisenberg beobachtet den Atomkern. Es fragt sich, ob der Atomkern Heisenberg beobachten würde, wenn dieser ihn nicht beobachtete.

Platon schildert sehr sinnfällig, in welchen Eigenschaften sich Sokrates' Wesen von dem des Alkibiades unterscheidet, und er spricht auch über die beiden zugleich eignenden und aufeinander bezogenen Eigenschaften. Wir haben erfahren, daß der Liebende die hohe See des Schönen überwinden muß, um in den Besitz der Weisheit zu gelangen. In dieser Glückseligkeit und Unsterblichkeit garantierenden Begriffshierarchie wird es für Alkibiades keinen Platz geben. Dabei lautet die Aussage eindeutig, er liebt, und auch über die Gefühle des Sokrates erfahren wir nicht mehr und nicht weniger als eben dieses Wort. Doch hätte sich dies nicht auf die Schönheit des Alkibiades bezogen, könnten wir auch mit dem Weg des Sokrates, der zur Weisheit führt, nichts anfangen.

* im Orig. deutsch

Nicht etwa, als hätte all das, was Platon erzählt, hinsichtlich des Wesens der Weisheit keine Realität; es geht vielmehr darum, daß er, sobald er die Liebe als einen Begriff faßt und alles von ihm zu trennen sucht, was nicht notwendigerweise zu diesem Begriff gehört, eine Hierarchie aufstellt, innerhalb deren die Liebe des Alkibiades sich von der Liebe des Sokrates trennen muß, und so hat zwar alles, was er als Geschichte erzählt, eine Bedeutung, nur das, wovon er ausgegangen ist, hat keine Bedeutung mehr. Weder die Liebe des Sokrates, die sich über die Schönheit des Alkibiades hinaus auf etwas richtet, das er in jedem Fall höher als die Liebe schätzt, noch die Liebe des Alkibiades, der höchst leidenschaftlich sich an etwas klammert, woran sich zu klammern angesichts dieser Hierarchie sinnlos ist, da es unbedingt etwas Geringeres ist als das, worauf jener aus ist. Zweifellos stehen sich Weisheit und Einfalt Auge in Auge gegenüber, aber Liebende sehen sich nicht als Weiser und als Einfältiger an.

Wollen wir die Liebe als Begriff definieren, müssen wir sie mit anderen Begriffsobjekten in Zusammenhang bringen und ihren Platz im hierarchisch gegliederten Reich der Begriffe bestimmen. Diese Beschäftigung deckt vieles von der Natur des Denkens auf, hüllt aber die Liebe, die Sokrates und Alkibiades füreinander empfanden, in Dunkel. Die Liebe ist im Reich der Begriffe funktionsuntüchtig.

In diesem Fall beobachtet Heisenberg den Begriff Atomkern, aber der Atomkern beobachtet Heisenberg nicht.

Mit meinem in der Systemtheorie bewanderten Freund habe ich über das Thema, was ein Begriff genannt werden kann, lange diskutiert. Er verteidigte gegen meine Einwände die Theorie, daß jedes Wort und jede Wortverbindung ein Begriff sei, da es keine Wörter oder Wortverbindungen gebe, die nicht eine Abstraktion vom Inhalt der in ihnen schlummernden Vielfalt von Dingen wären. Die Vielfalt sei in eins gefaßt. Ich war der Ansicht, daß das nur für Wörter gilt, deren Bedeutungsgehalt wir in mehrtausendjähriger Abstimmung festschreiben konnten, aber nicht für solche Wörter, für deren Bedeutungsgehalt wir keine Konventionen deskriptiver Art haben beziehungsweise wo die Konventionen viel zu wandelbar oder akzidentell geblieben sind, um uns überhaupt wissen zu lassen, wovon wir abstrahieren.

Sage ich zum Beispiel *Sexus*, so ist dies kein totes Wort einer toten Sprache, sondern die Summe der Konventionen hinsichtlich dessen, daß es unter den Menschen Frauen und Männer gibt und daß wir sie als Gegensätze, in ihrer Relation zueinander aber als *Mensch* definieren. Wobei diese Konventionen zugleich davon ausgehen, daß es den Menschen gibt, was wiederum Folge von Konventionen ist, die sich darauf beziehen, daß wir die *Lebewesen* hinsichtlich dessen in Augenschein nehmen, was sie an Unterschiedlichem, Ähnlichem und Gleichartigem an sich haben, so daß wir ihre Charakteristika beschreiben können, und all das beziehen wir auf die Relation der Lebewesen zum *Unbelebten*. Ähnlich gehen wir vor bei «Tisch», «Stuhl», «Wasser», «Gott» und allem übrigen.

Bei dem Begriff Tod sind wir uns schon etwas unsicherer, da wir nicht in der Lage sind, Konventionen zu finden, ob wir ihn als Gegensatz zum Begriff Leben oder als ein Synonym für «nicht sein» im Begriffspaar Dasein und Nichtsein gebrauchen sollen.

Die Liebe aber ist ein bloßes Wort geblieben. Ein in einen Frosch verwandelter Prinz oder ein in einen Prinzen verwandelter Frosch.

Also muß ich wieder die allereinfachsten Fragen stellen. Was ist sie? Trieb? Gefühl? Zustand? Tätigkeit?

Ist sie mit dem Geschlechtsakt verschwistert und bezieht sich so auch auf die Paarsuche von Tieren, oder ist sie dem Denken verwandt und wäre somit ausschließlich für den Menschen kennzeichnend? Eventuell ein Mittler zwischen den einen und den anderen? Gibt sie uns durch physikalische und durch biologische, die Gattung Mensch kennzeichnende Prozesse Kenntnis, Wissen und ein Bild vom Anderen, und stellten dann Selbsterkenntnis und Selbstbewußtsein das Bezugssystem dieser Art von Kenntnis, Wissen und Bild dar? Bezieht sie sich unabhängig von den im Sexus sich manifestierenden Relationen auf den Menschen und hat so mit der Fortpflanzung nichts zu tun, oder aber gerade auf den Sexus und ist so ausschließlich über die Relation Frau–Mann an den Menschen gefesselt?

Mich quälen diese Fragen wirklich, wiewohl ich nicht einmal darauf, warum sie mich quälen, eine Antwort hätte.

Interessanterweise lassen sich all diese Fragen im Zusammenhang mit dem Begriff Nächstenliebe eindeutig entscheiden. Es ist, als würde ich ihn auch jetzt erwähnen, um aufzuatmen. Man weiß, mit welchen Instinkten die Nächstenliebe zusammenhängt und mit welchen nicht, man weiß, wo sie unter den Gefühlen ihren Platz hat, welchen Zustand sie erzeugt, welche Art Handlung sie verbietet und zu welchen Taten sie anregt. Sie ist nicht nur ein Wort, da sie im Begriffsfeld anderer Wörter steht.

Allerdings, zu entscheiden, in welchem von beiden Begriffen der andere mitenthalten ist, wäre schon schwieriger. Ist die Liebe die mächtigere? Wenn ich sage, es gibt keine Liebe ohne Nächstenliebe, muß dann nicht die Nächstenliebe die mächtigere sein? Oder sollte Liebe womöglich die höchste Stufe und extremste Form von Nächstenliebe sein? Aber was mache ich dann mit der Haßliebe, die sich mit der Liebe sehr gut verträgt, aber kein Quentchen Nächstenliebe enthält? Es muß wohl an dem sein, denn Haß ist nicht das Gegenteil von Liebe, sondern von Nächstenliebe. Und sollte die Liebe sich gar deshalb mit Haß gut vertragen, weil ihr Gegenteil Gleichgültigkeit ist? Die Nächstenliebe wiederum kann weder mit Gleichgültigkeit noch mit Haß etwas zu tun haben; denn könnten wir, sofern sie an ihnen teilhätte, noch von Nächstenliebe sprechen?

An dieser Stelle möchte ich die Behauptung wagen, daß der Begriff Nächstenliebe zwischen der mythischen und der mentalen Kultur in ähnlicher Weise vermittelt wie der Begriff Liebe zwischen der magischen und der mythischen Kultur.

Sokrates fragt Glaukon: «Kannst du aber eine stärkere und heftigere Lust nennen als die Liebeslust?» Glaukon antwortet: «Nein, und auch keine rasendere.» Darauf Sokrates: «Die rechte Liebe läßt aber ihrer Natur nach nur zu, daß man das Sittsame und Schöne besonnen und der musischen Bildung entsprechend liebt?» Glaukon kann dem nur zustimmen: «Gewiß.» Die Zustimmung veranlaßt Sokrates zu weiteren Überlegungen: «Also nichts mit Tollheit oder Ungebundenheit Verwandtes darf der rechten Liebe beigesellt werden?» Auch auf diese schulmeisterliche Frage kann Glaukon nur mit Zustimmung antworten: «Nein, das darf nicht geschehen.» Die Zustimmung beflügelt Sokrates, und nichts kann ihn nun noch daran hindern, in den Begriff der Nächstenliebe den Begriff der Liebe hinein zu pressen und zu quetschen: «Also darf ihr auch diese Lust nicht beigesellt werden, und Liebhaber wie Geliebte dürfen bei richtiger Liebe und richtiger Entgegnung der Liebe mit ihr nichts gemein haben?» Glaukons Zustimmung gipfelt geradezu in Jubel: «Nein, beim Zeus, nichts dergleichen darf beigesellt werden.» Und Sokrates faßt das bisher Gesagte folgendermaßen zusammen: «Du wirst also in unserer im Entstehen begriffenen Stadt die Bestimmung einführen, es dürfe der Liebhaber den Geliebten zwar küssen und mit ihm verkehren und ihn berühren wie einen Sohn, um des Schönen willen, wenn er ihn dazu bereit findet; im übrigen aber müsse sein Umgang mit dem, dem sein Bemühen gilt, derart sein, daß er niemals auch nur den Schein errege, als ginge er über diese Grenze hinaus; wo nicht, so treffe ihn der Vorwurf, daß er ein Musen- und Schönheitsfeind sei.»

Diese Worte gewähren uns schon bei oberflächlicher Betrachtung tiefe Einsichten. Die mittelalterlichen Kopisten antiker Schriftsteller haben ihre Ethik auf diese Weisung gebaut, aber sobald sie das Kopieren unterbrachen, quoll aus dem Begriff Nächstenliebe der Begriff Liebe gleich wieder hervor, weil er nur unter Zwang und durch Gesetz in diese hineinzupressen war.

Diotima empfiehlt uns, sämtliche Abbilder des Schönen hinter uns zu lassen. Die heilige Theresa von Avila ist in das Ebenbild eines Verstorbenen verliebt, der das Gute verkörpert. Ganz gleich, ob so oder so, wenden wir uns ab vom körperlichen Sein. So wir keines Menschenkindes Schönheit Beachtung schenken, gelangen wir zur wahren Liebe. So wir ausschließlich in die Güte des verstorbenen einzigen Sohnes eines Gottes verliebt sind, gelangen wir zur wahren Nächstenliebe.

Wer die Liebe in Abbildern sucht, kann so wenig je er selbst sein, wie er sich selbst vergeblich in den anderen sucht, so er sich nicht in dem einzigen Ebenbild erkennt. In dem einen Fall bezieht sich die Empfehlung darauf, alle Abbilder hinter uns zu lassen, im anderen, alles in einem einzigen Ebenbild zu erkennen. In beiden Fällen haben wir Unsterblichkeit im Angebot.

Beiden Empfehlungen gemeinsam ist, daß sie sich auf die Zukunft beziehen, und in dieser wünschenswerten Zukunft sollen wir dem Dauer verleihen können, was jeder schon einmal gefühlt haben muß oder aber gerade fühlt. Auch die, die von sich behaupten, sie seien ständig und immerfort verliebt, fühlen es, und auch jene haben es schon gefühlt, die von sich behaupten, sie seien noch nie verliebt gewesen. Diotima macht uns einen pädagogischen Vorschlag. Die heilige Theresa von Avila empfiehlt den Glauben. In beiden Fällen etwas anderes als von den Empfindungen her vorhanden. Das Unvollkommene habe sich zu vervollkommnen, das Sterbliche sich in Unsterbliches zu verwandeln, durch Wissen oder Glauben. Ein *habe sich* ist zu *haben*.

«Chaque époque rêve la suivante.»

Jedes Zeitalter träumt vom nächsten, sagt Michelet. Doch ich frage, woher nehmen die Zeitalter ihre Träume? Gewiß sind Glaube und Pädagogik ehrenhafte Dinge, aber zu was für einer Vervollkommnung könnte man mich ermuntern und zu wessen Unsterblichkeit, wenn ich nicht an sich schon vollkommen wäre und meine Sterblichkeit nicht Teil der Ewigkeit?

Ich begehre danach, ein einziges Mal, für einen einzigen Augenblick der Andere zu sein. Ich begehre, ein einziges Mal, für einen einzigen Augenblick nicht ich zu sein. Aber kann ich mich nach etwas sehnen, dessen ich noch nie teilhaftig war?

Liebende rebellieren unaufhörlich gegen die Herrschaft von Glauben und Wissenschaft. Sie haben solche Verfahren und Techniken nicht nötig, die den Sterblichen durch Vervollkommnung unsterblich machen wollen. Gleichzeitig werden sie durch Verhaltensregeln beziehungsweise Sprachregelung unaufhörlich auf jenes Feld zurückgeworfen, aus dem sie herausgetreten sind. Entweder scheitern sie, weil sie unter den für die Vielheit charakteristischen Beziehungen von Gegenseitigkeit ihrer Wechselseitigkeit keine Geltung verschaffen können, oder aber weil sie als ihr eigen haben möchten, was ausschließlich zwei Menschen zusammen besitzen können.

Roland Barthes zitiert Jacques Lacan: «Nicht alle Tage begegnet man dem, was so beschaffen ist, daß es Ihnen das genaue Bild Ihrer Begierde zu geben vermag.» Und er selbst sagt: «Ich errate, daß der wahre Ort der Originalität weder der Andere noch ich selbst bin, sondern unsere Beziehung.»

Ich bin in den Anderen lediglich verliebt, und der Andere ist in mich lediglich verliebt. Doch die Wechselseitigkeit, die zwischen uns ist, ist *die* Liebe.

Wenn jemand über Trieb, Gefühl, Sexus, Zustand oder Tätigkeit spricht oder auch von allem zugleich, so spricht er lediglich über sich selbst oder lediglich über mich und nicht über die Liebe. Um über die Liebe aber nicht vom eigenen Standpunkt aus zu sprechen, müßte ich in jedem Fall zuallererst untersuchen, worin die Wechselseitigkeit besteht, die unsere Liebe ist.

Dafür zeigt die mentale Kultur im Gefolge der Diotima und der heiligen Theresa von Avila nun überhaupt kein Interesse, sie fragt vielmehr, wie die als *geheimes Wissen* verdeckte Wechselseitigkeit zu institutionalisieren wäre, wie sie sich zu Norm und Maß des menschlichen Zusammenlebens machen und auf das Verhältnis von Menschen ausdehnen läßt, zwischen denen keine Wechselseitigkeit besteht. Die mentale Kultur baut auf etwas auf, von dem sie sich abgewendet hat oder das sie geradezu negiert.

Wenn wir von der Wechselseitigkeit nicht wie von einem geheimen Wissen sprechen wollen, anders gesagt, uns von diesem geheimen Wissen nicht abwenden und es auch nicht negieren wollen im Interesse jener Träume, nach denen es für die Pädagogik oder für den Glauben nutzbar zu machen oder gar zu institutionalisieren ist, so wird es äußerst schwierig sein, Gleichnisse dafür zu finden; eher fallen uns schon solche Szenen und Geschichten aus unserem Leben und dem Leben anderer ein, die vom Fehlen der Wechselseitigkeit und den daraus resultierenden Konflikten handeln.

Konflikt bedeutet natürlich, daß die Liebenden nichts so sehr interessiert wie eben das Wesen der Wechselseitigkeit. In Wahrheit ist sie der einzige Gegenstand ihrer Gespräche. Und derselbe Gegenstand hält sie auch dann noch gefangen, wenn sie wieder allein sind und sich in endlosen Selbstgesprächen an den Anderen wenden. Das Selbstgespräch drängt sie in Richtung Vorwurf, das Zwiegespräch in Richtung Verzückung. Die Emotionen fließen ineinander über, und es ist nicht mehr möglich zu entscheiden, welche von beiden die stärkere ist. Der Vorwurf färbt auf die Verzückung ab, und die Vorwürfe werden über alle Maßen ekstatisch.

Sie haben allen Grund, zwischen diesen beiden extremen Emotionen ins Schlingern zu geraten. Nicht nur, daß der Andere ihnen fehlt, quält sie, sondern auch seine Anwesenheit. In einer Sprache, die dem ästhetischen und ethischen Urteil unterworfen ist, vermögen sie nicht einmal zu beantworten, warum sie den Anderen lieben, und so bleibt nicht nur die Frage offen, warum sie sich lieben müssen, sondern auch warum dies zwangsläufig mit Qual und Lust einhergehen muß. Es gibt zwar Antworten, in der Tiefe ihrer Seele aber müssen die Liebenden wissen, daß jeder Verliebte zu den gleichen Antworten gezwungen ist. Sobald sie zu sprechen beginnen, verzieht sich die zwischen ihnen wirksame, sie von allen anderen absondernde Wechselseitigkeit wieder in die *societas*, aus der sie dem Anschein nach herausgetreten sind. Sie sind gezwungen, das Außergewöhnlichste mit allerallgemeinsten beziehungsweise allerbanalsten Ausdrücken zu benennen. Ich liebe dich, weil du schön bist, für mich bist du die Schönste, die Schönste auf der Welt, es gibt keinen, der schöner ist, und so weiter. Ich bin noch nie jemand begegnet, der so gut ist, für mich bist du besser als alle anderen, es war noch nie so gut wie mit dir, und ich weiß, daß es besser überhaupt nicht sein kann.

Diese vom allgemeinen Gebrauch glattgeschliffenen Wörter beinhalten, ganz gleich, wie ekstatisch auch immer ausgesprochen, ein Quantum an Bedrohung, das nicht auszuloten ist. Die Wörter stehen in Gruppen beisammen, und sie bekommen nur dann einen Sinn, wenn sie all ihre Bezüge mit sich schleppen, obwohl hier gerade Wörter gesucht sind, die nicht solche Beziehungen, sondern die Wechselbeziehung ausdrücken sollen.

Was heißt, ich bin schön? Und selbst wenn ich schön bin, wieviel andere Schöne gibt es noch, die hohe See, ein ganzes Meer von um wieviel schöneren Schönen. Lügt sie? Schmeichelt er? Hat sie das nötig? Für mich ist er doch der Schönste. Doch wie hat sich dies *für mich* hier eingeschlichen?

Die Mängel meiner Schönheit muß der Andere doch bemerken, er hat ja Augen, wie ja auch ich sehe, was ich sehe. Oder sollte es heißen, daß ich *für ihn* schön bin? Will er damit sagen, ich sei zwar für die anderen nicht schön, wohl aber für ihn, und wenn er mich nicht schön fände, so wäre ich überhaupt nicht schön? Und warum wäre das so schlimm? Wem sollte ich noch gefallen wollen? Warum bin ich mit dieser Schönheit nicht zufrieden? Wäre meine Schönheit nun eine andere oder wäre ich geradezu häßlich, würde dem Anderen diese andere Schönheit, die man geradezu häßlich nennen könnte, auch gefallen? Oder, wenn seine Schönheit eine andere wäre, würde der Andere mir dann auch gefallen, der zwar für mich schön ist, von dem andere aber bestimmt nicht diese Meinung haben, sonst hätten sie ihn sich auserwählt und nicht ich? Was wäre ich für ein Mensch, wenn ich sagte, es sei vollkommen egal, wie der Andere ist? Und was für einer, wenn ich sagte, es sei nicht egal? Wenn dem Anderen etwas zustoßen würde, dann liebte ich ihn also nicht?

Und wie könnte ich gut sein, wenn ich doch an so etwas denke, wenn ich weder seinen Worten noch meinen Augen traue, wenn ich unzufrieden bin mit ihm und auch mit mir selbst? Merkt der Andere nicht, wie viele Gemeinheiten ich begehe, allein schon da ich denke, und wie viele Fehler unbewußt? Sieht er das nicht an meinem Gesicht? Überhaupt, was für eine Art gut zu sein wäre es, die nur für ihn gut ist und für niemand sonst? Belüge und betrüge ich den Anderen mit all meinen Reden von Gut und Schön? Was für eine bedauernswerte, armselige Welt, in der so ein Minimum an Vortrefflichkeit überhaupt jemandem als gut gelten kann! Sollte der Andere so blind, so stupide sein? Gehört das auch zu meinen Qualitäten, daß ich nicht ständig durch mein Gesicht verrate, was schlecht an mir ist? Und bin ich dazu fähig, ist er es denn nicht? Betrügt der Andere mich ebenso sehr und so, wie ich ihn betrüge? Wäre unsere Beziehung nichts anderes als die Gemeinschaft dieser Betrügereien? Sagen wir einander, nur damit unser Leben nicht ganz so furchtbar sei, etwas anderes, als was wir denken? Ist der frommen Lügen Gegenwert die Lust? Oder sollte umgekehrt *gut für mich* heißen, daß der Andere das Gute in mir entdeckt und ich es so vom Schlechten in mir werde trennen können? Macht er mich gut? Ist er der einzige, der nicht zuläßt, daß ich wirklich schlecht werde? Bewahrt er mich vor gemeinster Gemeinheit? Für wie lange? Wenn ich aber wenigstens soweit und solange besser bin, warum denke ich dann über diese Dinge nach, und warum quäle ich den Anderen? Sollte ich seiner Liebe dermaßen unwürdig sein?

Was wird, wenn du morgen jemanden triffst, der dir noch besser gefällt? Und was wird, wenn gerade nicht ich es bin, sondern der Andere, der jemanden trifft? Und warum solltest du übermorgen nicht denjenigen treffen können, der nicht nur in deinen Augen gut ist, sondern wirklich und für jeden gut ist? Du hast doch auch gestern jemanden getroffen, den du mit fast ebensolcher Emphase schön genannt hast, und vorgestern hast du jemand anderen gut genannt, bevor du darauf gekommen bist, daß es in Wahrheit nichts als Lug und Trug war, gemein und häßlich und das Ganze dir ein Greuel. Oder der Andere ist zwar gut, dich stört aber seine Häßlichkeit, und du möchtest lieber jemand, der schöner ist. Was für Garantien können wir denn für die Beständigkeit unserer Liebe haben in einer Welt, wo wir der Anziehung von etwas ausgesetzt sind, für das wir weder als sicher noch als beständig zu nennende Wertmaßstäbe besitzen?

Kann man in einer solchen Welt zwischen Schlager und Philosophie einen Unterschied machen?

Von der Unschärfe der Begriffe bedroht, greifen Liebende manchmal zu einer arglosen List. Sie verschlüsseln die dem Schlager und der Philosophie gemeinsamen Begriffe und tabuisieren sie. Es ist ein Versuch der magischen Art.

Wenn ich die Liebe öffentlich nicht beim Namen nenne (und unter zwei Menschen herrscht nicht weniger Öffentlichkeit als unter Tausenden), wenn ich den Begriffsschatz nicht benutze, der Ästhetik, Ethik und Schlager gemeinsam ist, verwehre ich der *societas*, mit ihren angedrohten Urteilen die Wechselseitigkeit anzutasten. Ich breche das Zwiegespräch ab, ich gebiete den Selbstgesprächen Einhalt. Ich frage nicht, was ist das, und ich mache keine Aussagen darüber, es sei so oder so. Ich sage nicht, dies ist schön und das ist gut, ich sage nicht, daß ich verliebt bin, und bemühe mich, über diese Dinge auch gar nicht nachzudenken. Wenn ich dafür nun einmal kein eigenes Vokabular habe oder haben kann und es mit der Sprache der von der *societas* entlehnten Wörter nicht besetzen will, so schütze ich das Außergewöhnliche.

Wir haben der Sprache den Krieg erklärt. Wir wollen mit der Menschheitsgeschichte von vorn beginnen. Das ist auch ganz logisch, denn die *societas* kontrolliert und regelt die Verhältnisse und Beziehungen der Menschen, zwischen denen keine Wechselbeziehung besteht, wiewohl das unbedingte Ziel der Kontrolle und Ordnung gerade darin besteht, Institutionen für die Vielheit zu schaffen nach dem Muster der zwischen zwei Menschen möglichen Wechselseitigkeit. Will sie aber zwischen vielen Menschen etwas herstellen, über das weder ich noch mein(e) Geliebte(r), wohl aber wir beide zusammen verfügen, so folgt daraus, daß diejenigen, die untereinander vermissen, worüber wir per se verfügen, darüber zwangsläufig in anderen Begriffen denken. Wir sind das Vorbild. Macht es uns nach.

Die rigorosen Regeln, die mit dem über die Grundbegriffe der Liebe verhängten Tabu und den Lösungsversuchen der magischen Art einhergehen, schlagen über dieselbe logische Kette zurück. Wenn ich mir nicht gestatte, von der *societas* geborgte Begriffe für das zu verwenden, was diese Begriffe unscharf und unsicher benennen, sondern diese Begriffe einfach zum Schweigen bringe, und wenn ich auch meine(n) Geliebte(n), so sie/er unsere Wechselbeziehung mit diesen Begriffen benennen wollte, mit meiner auf ihren/seinen Mund gepreßten Hand zum Schweigen bringe, festige ich in mir die Macht dieser Begriffe; im magischen Ritual erscheinen sie jedenfalls eindeutiger und bestimmter als in dem allgemeinen und banalen Sinn, den die *societas* ihnen zuspricht.

Wenn zwei Menschen solche magischen Rituale finden, in denen die Sprache zurückgenommen ist, und sie so zurückgeworfen werden in jene Welt, wo es weder Bilder noch Abbilder gibt; in denen dynamische Formen auf dynamische Formen treffen, so ist das nicht Heimstätte des einen oder des anderen, sondern die ihrer Gemeinschaft.

Man könnte sagen, sie stürzen mehrere tausend Jahre. Der Sturz ist Zustand, und er wird vom Erleben der Zeit begleitet. Schon ein einziger Augenaufschlag ist viel! In so kurzer Zeit sind die Sterblichen aus ihrer ewigen Heimstatt zurück. Dann sprechen sie wieder, und sie verstehen sich oder sie verstehen sich nicht, aber in ihrer verbalen Gegenseitigkeit werden sie im Folgenden unbedingt nach Sinn und Wissen streben, für die Maßstab die Wechselseitigkeit ist.

Die andere Lösungsmöglichkeit, zu der sich Liebende, zwischen Vorwurf und Faszination hin und her gerissen, gegen ihr Bedrohtsein entscheiden, ist eine historische Art. Die verschwiegene oder ausgesprochene Frage ist doch immer, warum liebe ich den Anderen und warum liebt er mich, warum gerade er mich und warum ich gerade ihn, auch wenn das Ganze schon längst darüber hinaus ist, um es noch mit den Kategorien von Gut und Schön fassen zu können. Da muß doch etwas wie ein Kausalitätsgesetz gewirkt haben, das ihn zu mir und mich zu ihm geführt hat. Wir werden geboren, und wir sterben, wir haben eine Geschichte, und es geschieht mit Notwendigkeit, daß diese unterschiedlichen Geschichten in dem gemeinsamen Raum und der gemeinsamen Zeit unseres Daseins gemeinsame Stationen haben.

Hätte ich den Raum nicht in jenem Moment betreten, hätte der Andere den Zug nicht verpaßt, wäre er nicht dort gewesen, wo ich gerade eintrat, was wäre dann gewesen? Hing mein Leben von seinem Zug ab? Wenn ich oder der Andere nicht dorthin oder zumindest einer von uns anderswohin gegangen wäre, wäre dann alles anders? Oder wie anders wäre es? Folgt daraus wiederum, daß es auf der Welt noch Tausende von Menschen gibt, denen ich nur deshalb auf diese Weise nicht begegnet bin, weil sie ihren Zug noch erreicht haben beziehungsweise weil ich gerade anderswo etwas zu erledigen hatte?

Wer sich nicht genau in dem Moment auf die Straße begibt, da gerade ein Dachziegel herunterkollert, dem fällt er nicht auf den Kopf.

Liebende, die über das Wesen der Wechselseitigkeit nachdenken, erforschen ihre Lebensgeschichten. Die wechselseitige Erforschung dient dazu, Antworten auf die Frage zu finden, welche Kräfte unter welchen Umständen daran beteiligt waren, daß die Möglichkeit zu dieser nunmehr als Maßstab dienenden Wechselseitigkeit entstehen konnte, anders gesagt, ob es sich um wahre Wechselseitigkeit, um das Zusammenwirken von Notwendigkeiten, oder aber bloß um scheinbare Wechselseitigkeit, um das Zusammenwirken von Zufällen handelt.

Wenn die Liebenden in der Vergangenheit des Anderen wühlen, so wollen sie aus dem sprachlichen Umfeld von Gegenseitigkeit die Maßgabe für Wechselseitigkeit herausfiltern, oder vielmehr, sie möchten die in der Sphäre der Wechselseitigkeit gefundene Maßgabe auch im Zwiegespräch und in ihrem Verhalten zur Geltung bringen. Sofern es nämlich Notwendigkeiten waren, die da aufeinander wirkten – so ihr Gedankengang –, müßte die Wechselseitigkeit dauerhaft sein, war es jedoch ein Spiel des Zufalls, daß sie zueinanderfanden, so müßte das Scheinbare der Wechselseitigkeit an Beständigkeit zunehmen. So sie in der Vergangenheit des Anderen Daten finden, die die Notwendigkeit ihrer Begegnung bewiesen, könnten sie sagen, daß ihre Beziehung in himmlischen Sphären gewirkt worden ist, und was mit ihnen auch geschehen mag, ob Lust oder Pein, sei es, sie verstehen sich, sei es, sie verstehen sich nicht, sie erfüllen in jedem Fall lediglich den herrlich schönen oder grausamen Willen der Götter; so sie solche Daten nicht finden, dann werden sie zumindest wissen, daß ihre Verbindung ebenso wie alles andere auf der Welt der Zeit unterworfen und vergänglich ist und daß sie sich an das, was sie heute für so wichtig halten, morgen schon nicht mehr erinnern werden.

Mit der Unsicherheit der Begriffe schwappt die vererbte magische Praxis herein, mit dem Mangel an zuverlässigen und eindeutigen historischen Daten das vererbte mythische Denken.

In der mentalen Kultur führt jeder Liebende diese zwiefache Erprobung im Zwiegespräch mit der/dem Geliebten und im Selbstgespräch durch.

Die großen Liebestragödien der abendländischen Literatur handeln nicht von der Liebe, sondern vom Scheitern des Dialogs und des Selbstgesprächs über die Wechselseitigkeit.

Das Leben der gegen die Bedrohung ankämpfenden Liebenden kann nichts anderes sein als ein ewiges Prüfen, ob das, was sie als außergewöhnlich schön und gut empfinden und worüber sie in der Sprache der *societas* weder sich selbst noch dem Anderen irgend etwas mitteilen können, ihre Wechselseitigkeit also, wirklich existiert oder ob sie noch existiert. Täglich machen sie ihren Weg in die Unsterblichkeit, zuweilen sogar mehrmals, aber zurückgekehrt fragen sie trotzdem, ob sie doch sterblich sind. Oder aber sie müssen fragen, wie sie für ihre Zeit als Sterbliche dem Dauer verleihen könnten, was sie als etwas Ewiges durchlebt haben.

Relativität ist nach Einstein so zu verstehen, daß die Welt nicht aus Prozessen, sondern aus Relationen besteht.

Die Liebe ist nicht Not noch Fiasko, nicht Komödie noch Tragödie. Es ist nicht die Liebe, die in der mentalen Kultur den Menschen hauptsächlich in Nöte bringt, sondern ein Wissen, dessen Maßgabe eben die in der Liebe sich offenbarende Wechselseitigkeit ist.

Die Frage heißt also, auf welcher Ebene und in welchem Maße Wissen über mich selbst Wissen über den Anderen bedeutet und bedeuten kann, ob es also zu dem Wissen, das ich über mich selbst erlangt habe, im Anderen eine Ebene des Wissens mit in jeder Hinsicht gleicher Geltung gibt.

Also heißt die Frage, ob sich Wechselseitigkeit im Zwiegespräch, im Monolog oder im Verhalten zur Geltung bringen läßt, das heißt das, was zwischen zwei Menschen als Wechselbeziehung auftritt, auch zur Norm von Dialog und Verhalten von Menschen gemacht werden kann, zwischen denen zwar Relationen der Gegenseitigkeit bestehen, doch nicht Wechselseitigkeit.

Wenn wir nach einer Ebene des Wissens suchen, dessen Maßgabe die Wechselseitigkeit ist, scheint uns unwillkürlich das Bild einer Gemeinschaft auf, in der nicht nur zwei, sondern ein jeder Platz hätte, den wir nach derselben Maßgabe Mensch nennen können. Für Sprache und Verhalten des Menschen in der *societas* ist die Gegenseitigkeit charakteristisch, gleichwohl bildet sich die *societas* und bildet sich Gegenseitigkeit aus zwischen Menschen, von denen jeder einzelne zu Wechselseitigkeit fähig ist.

Nach Erich Fromm ist das *Wesen* eines jeden Individuums mit dem Sein der Gattung identisch.

Davon könnten wir ohne die Möglichkeit, das Erlebnis und die Maßgabe der Wechselseitigkeit wahrscheinlich keine Kenntnis haben.

Ich könnte es auch so formulieren, daß in der Wechselbeziehung zweier menschlicher Wesen das Sein der Gattung in einer archaischen und zugleich utopischen Dimension erscheint; daß sie zugleich die Perspektiven der gesamten Vor- und Nachgeschichte der die Gattung bestimmenden Bewußtseinsebene umfaßt, zugleich den Instinkt, der als reine Naturkategorie, und den Charakter, der als Gesamtheit der Eigenschaften aufzufassen ist, wobei diese Bewußtseinsebene jedoch weder für den einzelnen noch für die Gesamtheit, sondern ausschließlich *für zwei* Menschen Geltung besitzt.

Von der *societas* wird jenes Wissen, worüber weder der einzelne noch die Gesamtheit, sondern nur zwei Menschen gemeinsam verfügen, höchstens integriert oder aber negiert. Dies ist eine so spezifische Relation, daß sie den einzelnen und die Gesamtheit zugleich einschließt, doch sobald wir sie hinsichtlich des einzelnen oder der Gesamtheit erproben wollen, verschwindet der Gegenstand der Erprobung spurlos. All das kann man auch weniger poetisch ausdrücken. Jeder Mensch steht zu einem jeden anderen in einer Relation der Gegenseitigkeit, die Relation der Wechselseitigkeit aber schließt die Relationen der Gegenseitigkeit mit ein. Wir können Gegenseitigkeit auf Wechselseitigkeit hin erproben, aber keine einzige der Gegenseitigkeitsrelationen, und auch nicht in ihrer Gesamtheit, schließt auch nur ein einziges Wechselseitigkeitsverhältnis ein.

Der Mensch der mentalen Kultur hat nicht annähernd begriffen, daß die Welt nicht aus Prozessen, sondern aus Relationen besteht, und deshalb sucht er ausschließlich nach Verfahren der Vervollkommnung, die sich auf ihn selbst beziehen, während die *societas* nur jene Verfahren zu integrieren bereit ist, die auf eine Vervollkommnung der Gegenseitigkeitsverhältnisse gerichtet sind, und so wird Wechselseitigkeit von vornherein ausgeschlossen. Der Glaube der *societas* befaßt sich mit dem Einen, ihre Wissenschaft mit der Vielheit, und jene Zweiheit wird entweder weggedrückt oder aber verheimlicht. Auf diese Art und Weise bindet sich die *societas* wie besessen ans Sterbliche, auf diese Art und Weise verweist sie das Unsterbliche in die Illegalität.

Narziß hört die Stimme Echos als die Stimme seiner selbst, hört aber nicht dasselbe, was er sieht. Echo dagegen kann mit ihrer von ihm geborgten Stimme Narziß erreichen, kann aber nicht sein Abbild werden. Das ist eine typische Relation der Gegenseitigkeit.

Dem Sterblichen verwehrt sein eigenes Bild Unsterblichkeit, denn ewig kann nur sein, des Ebenbild in allem und in jedem ist, der darum auch von einem einzelnen nur Ebenbild sein kann wie von allem anderen auch. Voraussetzung dafür aber ist, daß er nicht etwas besitzt, das ihm ermöglicht, sein Abbild in etwas anderem außer allem und jedem zu haben. Das ist die typische Realität der Wechselseitigkeit.

Wechselseitigkeit ist zugleich von ihrer Möglichkeit her bestimmbar. Stelle ich die Behauptung auf, daß *ich bin*, und der Beweis dafür ist mein Bild oder meine rückhallende Stimme, so muß ich auf dieser Ebene mit all denen identisch sein, die über ebensolche Beweise verfügen, identisch auch in der Hinsicht, daß diese Beweise zugleich nicht mit den Händen greifbar sind. Die *societas* verschafft sich mit solchen Relationen der Gegenseitigkeit ein Bild oder einen Begriff von der Möglichkeit der Wechselseitigkeit.

Die Realität der Wechselseitigkeit macht derartige Beweisführungen allerdings überflüssig, so wie sie auch die Gültigkeit der aus ihnen resultierenden Behauptungen suspendiert. Sie macht mich für die Frage, ob ich bin und ob der Andere ist, gleichsam blind und taub, denn Sein erscheint nicht als diese oder jene Art von Existenz des einen oder des Anderen, sondern als deren Kohärenz. In der Wechselseitigkeit finde ich nicht mich selbst und nicht den Anderen, wiewohl wir gegenseitig danach suchend aufgebrochen sind, statt dessen finden wir die Realität jener Kohärenz, die eines jeden Menschen Möglichkeit, doch keinem einzelnen zu eigen ist. Mit der Wechselseitigkeit sind wir aus der Welt der Bilder, Abbilder und Begriffe zurückgetreten in eine Welt, da Narziß sich noch nicht im Wasserspiegel schaute, obgleich das Wasser da war, die Spiegelung und auch Narziß, und sein Sein sich so in nichts von dem von Echo unterschieden haben kann.

Es wäre logisch, wenn die *societas* das als Grundlage der menschlichen Kollektivität betrachten würde, was als Möglichkeit in jedem Menschen steckt, aber keines einzelnen Menschen Eigen sein kann, denn dies wäre die gesuchte Ebene des Bewußtseins, die alle Mitglieder der *societas* auszeichnen könnte und mittels deren wir darüber hinaus bestimmen könnten, durch welche Merkmale der Mensch von den übrigen Lebewesen zu unterscheiden ist.

Ich habe den starken Verdacht, daß die *societas* dies weder in der griechisch-römischen noch in der jüdischen, noch in der christlichen, noch in der postchristlichen Kultur als Grundlage von Kollektivität betrachtet hat oder betrachtet.

Ich sehe eine unendliche sonnenüberflutete Ebene, auf der gerade zwei feindliche Heere aufmarschieren und gegeneinander in Stellung gehen. Ein großes Gerassel und Stimmengewirr, Waffen und Brustpanzer funkeln, Fahnen flattern leicht im Wind. Das alles können wir als ein sehr heroisches Bild sehen, ich würde trotzdem eher sagen, daß es kein diszipliniertes Heer gibt, das nicht ein mit Gewalt zusammengetriebener Haufen dahergelaufener Männer mit destruktiven Absichten wäre. Hier gibt es keine Frauen, weder Alte noch Kinder, keine Schwachen, Verletzten, Irren oder Hilfsbedürftigen. Das außergewöhnliche Äußere der wackeren Kämpen entspricht zwar dem Außergewöhnlichen ihrer Situation, nur eben entspricht ihre Situation nicht einem natürlichen Zustand, in dem die Menschenbrut sich wohl fühlen könnte. Damit Gruppen solch töricht aussehender und sich töricht benehmender Menschen Erfolg haben, müssen sie nicht nur über ausgezeichnete Waffen verfügen, sondern auch über ein kollektives Bewußtsein, das mit den Bewußtseinsinhalten aller der eigenen Gruppe zugehörigen Personen zumindest korrespondiert.

Das kollektive Bewußtsein müssen beide Gruppen auf die Annahme gründen, daß die andere Gruppe sowohl Böses denkt als auch Böses zu tun gedenkt; somit besteht zwischen dem Bewußtsein beider Gruppen kein nachweisbarer Unterschied.

Ziel beider Gruppen ist es, die andere zu besiegen, und dieses Ziel kann nur erreicht werden, wenn die ein und dasselbe denkenden Mitglieder der einen Gruppe die größtmögliche Anzahl von ein und dasselbe denkenden Mitgliedern der anderen Gruppe niedermetzeln. Dazu benötigen sie die vortrefflichen Waffen, deshalb sind sie hier aufmarschiert, wiewohl jeder einzelne von ihnen auch etwas anderes zu tun hätte, mit anderen Gerätschaften. Das Morden ist auf der Ebene des persönlichen Bewußtseins ohne Haß auf eine andere Person nicht vorstellbar, und in mir entsteht Haß, der zum Morden ausreicht, nur dann, wenn die andere Person meinen Interessen auf extremste Weise entgegensteht. Hier jedoch stehen sich Personen gegenüber, die sich aller Wahrscheinlichkeit nach überhaupt nicht kennen und einen Gruppenerfolg nur erzielen können, wenn sie im Sinn der Gruppe dennoch persönlichen Haß mobilisieren, der mangels persönlicher Bekanntschaft kein personenbezogener sein kann.

Diesen logischen Dilemmata zu entgehen, die sich allein in ihren Konsequenzen als moralische Dilemmata erweisen, ist bisher noch keiner Armee und keiner Weltmacht gelungen, weil ein kollektives Bewußtsein auf der einen und ein kollektives Bewußtsein auf der anderen Seite, die beide gleichen Inhalts sind, nicht so gegeneinander gerichtet werden können, als würden sie unversöhnliche Widersprüche enthalten, und weil es andererseits auch kein kollektives Bewußtsein gibt, das in allen Einzelheiten allen Gefühlen sämtlicher das Kollektiv bildenden Individuen entsprechen würde.

Während diese Männerhaufen aufmarschieren, kann der kollektive Haß auf beiden Seiten wirken, da er sich noch nicht auf jemanden richten muß, doch in dem Moment, in dem sie ihre Stellung eingenommen haben, muß der gegenseitige kollektive Haß im individuellen Bewußtsein notwendigerweise als etwas erscheinen, mit dem persönlich eigentlich keiner der Beteiligten etwas zu tun hat.

Auf der Ebene des persönlichen Bewußtseins kann mir niemals einfallen, gegen einen Menschen zu kämpfen, der sich in der gleichen Lage befindet, in der ich mich befinde, und der dasselbe fühlt, was ich fühle. Im Gegenteil, bei derartigen Gegenseitigkeitsverhältnissen werden wir auf der Ebene des persönlichen Bewußtseins immer die Möglichkeit der Wechselseitigkeit entdecken. Das kollektive Bewußtsein hingegen benennt gerade diese Möglichkeit als einzige Quelle des für den Erfolg des Kollektivs notwendigen Hasses, indem es behauptet, daß ich über den sinnlosen und unbegründeten Haß der Mitglieder der anderen Gruppe nur dann obsiegen kann, wenn ich jede einzelne sinnlos und unbegründet hassende Person umbringe, wenngleich meine eigenen persönlichen Beweggründe auch nicht sinnvoller oder begründeter sein können, da ich die anderen ebensowenig kenne, wie diese mich kennen. Auf der Ebene des persönlichen Bewußtseins spricht trotz alledem nichts dagegen, daß ich mir diese Argumentationsweise zu eigen mache. Einerseits, weil ich auch in anderen Fragen die für mich geltenden Urteile des Kollektivs nicht in Frage stelle, andererseits weil ich allein schon aus Selbstschutz jemanden töten muß, wenn er mich töten will, und in diesem Fall wird sein unbegründeter Haß mein Beweggrund sein.

Doch sobald es zwischen den von einem kollektiven Bewußtsein gleichen Inhalts durchdrungenen Gruppen zum Nahkampf kommt, wird das für das Individuum stellvertretend geltende Postulat des kollektiven Bewußtseins unhaltbar, weil sich da unweigerlich Menschen Auge in Auge gegenüberstehen, die persönlich gar nichts füreinander empfinden können und dennoch gezwungen sind, sich selbst oder das Leben eines der eigenen Gruppe zugehörigen, also ihnen persönlich bekannten Kameraden durch Mord zu schützen. Auf diese Weise wird das kollektive Bewußtsein zwar gestärkt, doch weder das Schlachtgetöse noch die Angst, auch nicht das als großartig empfundene, weil einzige persönliche Gefühl der Kameradschaft können vergessen machen, daß dieses Tötungsritual mit jenem kollektiven Bewußtseinsinhalt, vermittels dessen in meinem persönlichen Bewußtsein die Mordbereitschaft geweckt wird, nichts zu tun hat. Das Dilemma, das nichts anderes ist als der Widerspruch zwischen persönlichem und kollektivem Bewußtsein innerhalb einer Kultur, bleibt bestehen. Nicht einmal die moderne, um höchstmögliche Entpersönlichung bestrebte Kriegführung ist imstande, dieses Dilemma zu lösen. Was dem Piloten, der die Bombe auf Hiroshima abwarf, eben nicht gelungen sein dürfte, ist, die Maßgabe der Entpersönlichung mit der eigenen Person in Relation zu bringen, und das brachte ihn um den Verstand.

Ich habe etwas weit ausgeholt, möchte mit alldem jedoch nur darauf hinaus, daß die großen Kulturkreise und die zu ihnen gehörenden Kulturen sich darin voneinander unterscheiden, welches *Niveau* in ihnen die persönlichen und die kollektiven Bewußtseinsinhalte erreichen und von welcher *Qualität* die Antworten sind, mit denen sie auf die zwischen beiden unweigerlich entstehenden Dilemmata reagieren.

Der Unterschied zwischen der Kultur des Neandertalers und derjenigen der Ägypter ist eindeutig größer als der zwischen der Kulturstufe der Griechen und der Römer. Im ersten Fall rede ich von Unterschieden im *anthropologischen* Sinn, im anderen von solchen des *zivilisatorischen* Niveaus. Spreche ich vom anthropologischen Unterschied persönlicher und kollektiver Bewußtseinsinhalte, muß ich zwischen den archaischen, den magischen, den mythischen und den mentalen Bewußtseinsinhalten unterscheiden. Spreche ich hingegen von der Qualität der Bewußtseinsinhalte, so beschreibe ich eine Zivilisation hinsichtlich der Antworten, die sie auf die aus dem Unterschied zwischen persönlichem und kollektivem Bewußtsein resultierenden Dilemmata zu geben vermag.

Jede Kultur muß in ihrem eigenen wohlverstandenen Interesse Antwort auf die Fragen von Liebe, Nächstenliebe und Haß geben, denn ohne die Klärung dieser Zusammenhänge ist sie auch nicht imstande, ein begründetes Anschauungssystem dafür zu entwickeln, was für Relationen zwischen den verschiedenen Stufen und den verschiedenen Qualitäten von persönlichem und kollektivem Bewußtsein verbindlich sein sollen; sie muß sagen, was ich lieben und was ich nicht lieben soll, gegenüber welchen Dingen und Erscheinungen ich mich indifferent verhalten soll beziehungsweise was ich hassen darf und wen ich hassen muß, welche Wörter ich gebrauchen muß, welche ich gebrauchen darf und welche mir in welcher Situation verboten sind. Die Qualität der Antworten ist das Unterpfand für Lebensfähigkeit und Dauerhaftigkeit der Kultur.

Es gibt kein Einzelphänomen und keine einzelne Situation, zu der das kollektive Bewußtsein nicht eine eindeutige Ansicht hätte, wiewohl es keine Einzelperson gibt, die diese Ansichten in ihrer ganzen Relationsbreite kennen und vertreten könnte. Ein jedes Mitglied einer *societas* ist Vertreter, Exekutor und zugleich Qualitätskontrolleur derselben kulturellen Deklarationen, jedoch nicht so, daß es mal dies, mal das ist, vielmehr erfüllt es alle drei Funktionen zugleich. Wir kennen höchstens solche auserwählte Personen (Moses, Christus, Buddha, Mohammed), die Einsicht haben in gewisse zu wünschende Entwicklungstendenzen und diese in entsprechenden Aktionen durchaus wirksam vertreten, doch auch sie treten aus dem Rahmen der Relation der Gegenseitigkeit nicht heraus. Es gibt keine Aktion von ihnen, die nicht Reaktion wäre, und keine Reflexion, die nicht Selbstreflexion bliebe. In dieser Hinsicht sind die Kulturen unbeweglich.

In der Relation der Gegenseitigkeit bewege ich mich im Rahmen der gegebenen Zivilisationsebene. Durch meine Reflexion und Selbstreflexion wird dieser Rahmen allenfalls etwas geschwächt oder verstärkt, und auch die Organisationen und Bewegungen der Gesamtheit tun nichts anderes; durch ihre Aktionen und Reaktionen wird das Gegebene innerhalb des eigenen Rahmens umorganisiert.

In der Relation der Wechselseitigkeit bewegen sich zwei Menschen zwischen den anthropologischen Ebenen. Sie verlassen die gegebene Zivilisationsebene und kehren zu ihr zurück; ihr gemeinsames Erleben ist zugleich archaisch und utopisch.

Das persönliche und das kollektive Bewußtsein unterscheiden sich zwar voneinander, bilden aber nicht Gegensätze, sondern eine enge Beziehung. In Wahrheit stehen sich in den Kulturen der Eine und die Vielen, die Relation der Gegenseitigkeit und die Relation der Wechselseitigkeit, die eine Relation zwischen zwei Menschen ist, gegenüber. Die eine prägt sich aus in Gestalt von Dingen, Bildern, Symbolen, Ritualen, Diskursen und Institutionen, die für die Beziehung zwischen dem einzelnen und der Gesamtheit kennzeichnend sind und an und für sich eine Vielfalt von Vorgängen und Übereinkünften darstellen, die andere dagegen, von alledem abgesondert, erscheint in Form von Energie und Dynamik, die nicht für den Einen und nicht die Vielen, sondern nur zwei Menschen eigentümlich sind.

Durch Wechselseitigkeit werden zwei Menschen in das Prinzip Leben eingebunden, durch Gegenseitigkeit werden Menschen höchstens mit jenen Prinzipien der Lebensorganisation vertraut, wie sie als einzelne in die Masse einzubinden sind.

Somit bleibt die Grundfrage der Kulturen eine offene Frage. Die auserwählten Personen oder die Vereinbarungen treffenden Gruppen müßten das Leben aufgrund jener Prinzipien gestalten, über die nicht ein einzelner und nicht die Gesamtheit, sondern nur zwei Menschen zusammen verfügen können.

In der mentalen Kultur bezeichnen wir jene in der Relation der Gegenseitigkeit in Erscheinung tretenden Beziehungen als kollektiv, die *nicht* die Relation der Wechselseitigkeit enthalten, sondern nur die Möglichkeit der Wechselseitigkeit. Was allein deswegen logisch erscheint, weil die Menschen in dieser Kultur der Kriegführung, der Produktion von Gütern, dem Handel, der Wissenschaft und der Politik beträchtlich mehr Zeit widmen als der Liebe, also lauter Dingen, die vereinbarungsgemäßer Gegenstand von Beziehungen zwischen dem einzelnen und der Gesamtheit sein können im Gegensatz zu etwas, das allein in der Wechselbeziehung zweier Menschen zutage tritt und bei dem höchst fraglich ist, ob es Vereinbarung ist.

In der mentalen Kultur wende ich mich an mich selbst beziehungsweise an die anderen, das heißt nicht an einen den Dingen innewohnenden Geist, nicht an Dämonen, nicht an Götter und nicht einmal an den einzigen Gott, um zu erfahren, wen ich lieben und wen ich nicht lieben soll, in welchen Situationen, mit welchen Methoden ich einem anderen meine Gefühle zur Kenntnis bringen kann beziehungsweise über all das, was ich empfinde, schweigen muß.

In jedem Moment meines Lebens muß ich den seit frühester Kindheit eingeübten Vorschriften Genüge tun, die mein Verhalten, angefangen von der Gestik über Mimik und Kleidung bis hin zu meinem Blick, ihrem Reglement unterwerfen. Diese Verhaltensvorschriften erstrecken sich nicht nur auf den Ausdruck von Gefühlen, sondern auch darauf, bis zu welchem Grad und in welcher Situation ich meine biologischen Funktionen in der Öffentlichkeit dartun darf und in welchen Situationen, mit welchen Methoden und bis zu welchem Grad ich bestrebt sein muß, sie völlig oder teilweise zu verbergen. Auf ein Niesen hin wünscht man Gesundheit, aber nur, wenn dabei kein Rotz herumspritzt. Ein Furz im Kreise der Familie mag Anlaß zu Belustigung sein, außerhalb aber löst er Befremden aus. Zum Wasserlassen muß sich der Mensch zumindest einige Schritte von seinen Mitmenschen entfernen, aber die Entleerung des Darmes ist ab dem vierten Lebensjahr eine gänzlich einsame Betätigung.

Ein eigenes Kapitel ist die Mimikry. In der Tierwelt funktioniert sie auf der Ebene der Instinkte, ist von der Form des Tieres ebensowenig abzulösen wie die Form von den Bedingungen ihrer Umgebung. Unter den Menschen wird die instinktive Neigung zur Mimikry durch womöglich noch grundsätzlichere und rigorosere Vereinbarungen reguliert als das Verhalten im allgemeinen.

Mittels Mimikry muß ich den Eindruck erwecken, ich sei, dabei aber die Wirkung erzielen, als sei ich nicht. Oder im Gegenteil die Wirkung erzielen, als sei ich, nähme aber an dem Geschehen oder der Situation, in der ich mich befinde, keinerlei Anteil. Die hierfür geltenden Regeln sind zwangsläufig etwas komplizierter als die allgemeinen Verhaltensregeln, denn in diesem Fall handelt es sich darum, daß wir unsere in die Bahn der Regulierung gezwängten, disziplinierten und unter Kontrolle gehaltenen Gefühle und Leidenschaften so funktionieren lassen, als seien sie einer geheimen Absicht untergeordnet, in deren Interesse – damit sie unbemerkt bleibt – jedoch so vorgehen, als hätten wir keinerlei Empfindungen und Emotionen oder als seien sie so gewaltig, daß sie vollkommen aus der durch die Regeln abgesteckten Bahn heraustreten würden.

Nehmen wir uns einige Mustergeschichten vor.

In den ersten Tagen meines Aufenthalts im Ausland war ich vom Lächeln der hübschen Verkäuferinnen im Lebensmittelladen nebenan vollkommen hingerissen, und die Freude, die ich den jungen Frauen mit meinem Lächeln zurückschenkte, war womöglich noch größer als die, die sie mir geschenkt hatten. Aber bereits in dem Moment, da ich zurücklächelte, ging ihrem Lächeln etwas sehr Wesentliches ab, oder vielmehr, es erschien etwas hinter ihrem Dauerlächeln, das ich überhaupt nicht deuten konnte. Als hätten sie an der Erwiderung des Lächelns Anstoß genommen oder als würden sie mich irgendwie befremdend finden. Ein Gesicht wendet sich mir mit größter Hingabe zu, feucht glänzende Zähne zwischen den leicht geöffneten Lippen werden kurz sichtbar, ich werde äußerst zuvorkommend nach meinen Wünschen gefragt, doch kaum daß ich das Lächeln mit der gleichen Freude, die es in mir erweckt hat, erwidere – und ich glaubte, mit nicht geringerer und nicht größerer Freude –, da zeigt mir Befremden oder Ablehnung, daß mein Lächeln für unaufrichtig gehalten oder gar als zudringlich empfunden wird.

Ich habe mir eingestehen müssen, daß ich schon den Eindruck erweckt haben konnte, als sei ich zudringlich oder unaufrichtig, denn ich habe der Freude, die das Lächeln der jungen Frauen in mir weckte, noch so viel hinzugefügt, wie es mein

Fremdsein erforderte. Denn auch das gehört zu den erlernten Verhaltensregeln, daß man sich in einer fremden Umgebung zuvorkommender als sonst benimmt, sich gleichsam für all die Fehler entschuldigend, die man in Unkenntnis der lokalen Gewohnheiten unvermeidlich begehen wird. Meine Zuvorkommenheit signalisiert, daß ich mich auf unbekanntem Terrain bewege, doch das bedeutet noch keineswegs, daß ich die Regeln, die ich noch nicht kenne, nicht akzeptieren würde. Dann dachte ich, es sei das leicht Übertriebene in meinem Lächeln, die Folge meiner Zuvorkommenheit, was mißverstanden wurde, denn dieselben Verhaltensregeln sagen uns, daß Übertreibung ein Zeichen von Unaufrichtigkeit ist, und wenn ich ein Lächeln, das von Sympathie zeugt, mit Unaufrichtigkeit erwidere, brauche ich mich über ein Befremden nicht zu wundern.

Es dauerte einige Tage, bis mir klar wurde, daß ich über die Sache falsch dachte. Denn umsonst versuche ich, nicht als Fremder zu lächeln, wenn ich nun einmal kein Hiesiger bin, und vergebens versuche ich, aus meinem Lächeln das für unaufrichtig gehaltene Übertriebene zu verbannen, denn durch das Bemühen werde ich noch eifriger übertreiben und mich noch weiter von der Art des Lächelns entfernen, das hier als natürlich empfunden und als Erwiderung eines Lächelns von mir erwartet wird. Nicht nur, daß meine Versuche scheiterten, vielmehr kam es zwischen mir und den jungen Frauen soweit, daß sie bei meinem Anblick nicht mehr lächelten, sondern nur noch bestrebt waren, den Schein des Lächelns aufrechtzuerhalten, während ich ihr Lächeln immer angelegener erwiderte.

Nun begann ich etwas unschlüssig zu beobachten, auf welche Art die einheimischen Käufer das Lächeln der hübschen Bedienung erwiderten. Es gab welche, die das Lächeln erwiderten, und es gab welche, die das überhaupt nicht taten. Die Beobachtung der Erwiderungen und Nichterwiderungen erlaubte den Schluß, daß die das Lächeln betreffenden Regeln in Wahrheit wenig mit den Empfindungen zu tun haben, die Menschen zum Lächeln bewegen; anders ausgedrückt: Ihr Lächeln ist Mimikry. Dieser Schluß lag nahe, weil unter den Einheimischen das erwiderte Lächeln in fast allen Fällen stets schwächer ausfiel als das empfangene, der permanente Mangel an Wechselseitigkeit veranlaßte die hübschen Verkäuferinnen aber nicht, das Lächeln einzustellen, sondern sie taten entweder so, als würden sie den Mangel an Erwiderung gar nicht bemerken, und lächelten auch alle die, die gar nicht lächelten, weiterhin ausdauernd und gleichmäßig an, oder sie lächelten um so fleißiger, je schwächer die Erwiderung war. Ihr von der Lächelbereitschaft des Anderen unabhängiges Lächeln konnten sie natürlich aus nichts anderem schöpfen als aus dem Lächelvorkommen des eigenen Empfindungs- und Gefühlshaushalts, und das sich solcherart und dort begründende Lächeln war nicht auf die zum Erwidern aufgeforderte Person zu beziehen, sondern auf die Beziehung zwischen beiden, auf den Verkaufsakt, und somit erteilten die Verkäuferinnen mit ihrem Lächeln dem Anderen nicht die Erlaubnis, seinem Lächeln irgendeine über den durch den Verkaufsakt abgesteckten Rahmen hinausreichende Geltung beizugeben.

Unter diesen Umständen mußte mein Lächeln auf

sie tatsächlich wie eine lästige Provokation wirken. Ich mochte ihnen als ausgemachter Macho erscheinen, denn mein Lächeln bezog sich nicht auf dasselbe, worauf sie ihr Lächeln bezogen. Ich war an dem Verkaufsakt nicht im geringsten interessiert, lieber wäre ich angesichts ihrer Schönheit mit dem Erwidern in jenen ursprünglichen Bereich eingetreten, aus dem sie ihr den Verkaufsakt betreffendes Lächeln schöpften. Ich hatte sie in eine schwierige Situation gebracht, denn nach den in ihrem Umfeld geltenden Regeln der Mimik hätten sie nicht nicht lächeln dürfen, doch eben im Sinn dieses Regelwerks mußten sie mich jenes Ortes verweisen, zu dem ich ihrer Mißdeutung nach hinstrebte, so wie sie trotz aller Eleganz ihres Geschäftes auch nicht hätten erlauben können, daß ich das Lager betrete und mir dort nach Lust und Laune Waren aussuche.

Ihr Lächeln bezog sich nur insofern auf mich, als ich in diesem Umfeld zu jenen Menschen gehörte, die es sich leisten können, in einem solchen Geschäft einzukaufen. In einem Geschäft, wo ihre Schönheit in den Preis der Waren einkalkuliert ist und wo sie für ihren Lohn ihre Schönheit bis zur sinnlichen Wahrnehmung und Empfindung hin, wirksam werden lassen. Aber für mein Geld konnte ich nicht mehr oder anderes verlangen, als ich bezahlte. Schon deshalb nicht, weil zwar ich soviel Geld hatte, um in einem Geschäft einkaufen zu können, wo in den Preis auch das Angenehme der Begleitumstände einkalkuliert ist, sie sich aber so etwas nur hätten leisten können, wenn sie nicht gezwungen wären, dort zu arbeiten. Und ein Lächeln als Vorwand zu nehmen, um die Aufmerksamkeit auf die sozialen Unterschiede zu lenken, wäre wahrlich ungeschlacht. Aufgrund des Umfelds konnte ich zwar ihre Mimik, sie aber konnten eben mangels Kenntnis meines Lebenszusammenhanges nicht meine Mimik deuten. Nach den Regeln meines eigenen Lebensumfeldes wird ein geschäftlicher Akt nur dann von einem Lächeln begleitet, wenn zwischen den Ausführenden dieses Aktes persönliche Sympathie *besteht*.

Es fiel mir nicht leicht, mir vorzustellen, wie die hübsche Bedienung den Geliebten anlächelt. Denn mir fiel es nicht leicht, ein Lächeln zu erlernen, das ausschließlich mit dem zwischen uns stattfindenden Geschäftsakt zu tun hätte und nichts mit Sympathie oder Antipathie, das dementsprechend meiner Geldbörse näher als meinen Empfindungen stehen müßte. Voraussetzung für die Aneignung eines solchen Lächelns wäre, die Schönheit ihres Lächelns nicht als Teil ihres Wesens zu betrachten, sondern wie einen Gegenstand, den ich kaufe, was andererseits wiederum bedeutet, die Schönheit ihres Lächelns nur im Rahmen der Relation der Gegenseitigkeit auf meine Sinne und Empfindungen wirken zu lassen, wiewohl die zwischen uns ausgetauschten mimischen Gesten ihre Energie in diesem Fall doch aus nichts anderem als aus der Möglichkeit der Wechselseitigkeitsrelation beziehen können.

Die folgende Mustergeschichte bezieht sich auf erlernte sprachliche Übereinkünfte.

In das kinderreiche Haus eines protestantischen Pfarrers kommen Kinder von Verwandten aus der Stadt in die Ferien. Die Kinder kennen sich alle beinahe seit ihrer Geburt, sehen sich allerdings nicht allzu häufig. In den ersten Stunden des Wiedersehens ist die Stimmung ziemlich ausgelassen. Es wird gekichert und gegackert, gelacht und gezankt, und der Lärm ist entsprechend groß. Sie sitzen auf der Veranda an einem eigenen Tisch, und da sie nach den Regeln der Wahlverwandtschaft Platz genommen haben und sich im Äußeren, im Benehmen und der Art ihrer Kleidung ausgesprochen ähneln, kann der uneingeweihte Beobachter die beiden Kindergruppen weder nach Gehör noch Anblick unterscheiden. Bis zu dem Moment, als eines der kleinen Mädchen unbedacht und arglos ausruft, daß es Bohnensuppe anbete.

In der Schüssel ist Bohnensuppe, in den Gläsern Himbeersaft. In dem Augenblick, als im allgemeinen Radau dieser unschuldige Satz fällt, betretenes Schweigen bei den Pfarrerskindern, die Köpfe wenden sich ruckartig einander zu, auf den Gesichtern der gleiche Ausdruck, während die Stadtkinder ungerührt weiterschwatzen. Wie uniformiert: auf den Gesichtern der Pfarrerskinder Befremden, auf denen der Verwandten Ahnungslosigkeit. Einige Augenblicke vergehen, und die Pfarrerskinder, vereint zum boshaft höhnenden Chor, geben ihrem Befremden Ausdruck: «Man betet Bohnensuppe nicht an! Man betet nur den Herrgott an!»

Nun tritt völlige Stille ein, die Stadtkinder starren verdutzt den Chor der Rufer an. Die Pfarrerskinder genießen sichtlich die Überraschung der Verwandten, eine Gruppe, im Sieg vollends zusammengeschweißt, sie warten, um gegen diese Dummheit erneut zum Angriff übergehen zu können. Aus der anderen Gruppe findet als erster ein kleiner Junge die Sprache wieder. Er begreift, was Gegenstand des Konflikts ist, er begreift die Situation der Gruppen und stellt sich mit an die Spitze seiner verbal gedemütigten Gruppe mit dem Satz: «Ich bete sogar Himbeersaft an!» Der Chor der Pfarrerskinder stürzt sich auf den Satz.

«Man betet Himbeersaft nicht an! Man betet nur den Herrgott an!»

Darauf erkennt auch das dümmste der Kinder aus der Stadt, was seine Aufgabe ist. Als fände ein Handgemenge statt, das Stimmengewirr ist vollkommen. Die Kinder aus der Stadt, rund um den Tisch verstreut, nennen die ausgefallensten und unterschiedlichsten Gegenstände, die sie nun anbeten, um die Mitglieder der anderen Gruppe zu ärgern, worauf auch der Chor der Pfarrerskinder auseinanderfällt, als Einzelkämpfer stürzen sie sich mit denselben Sätzen von Verbot und Gebot auf jeden einzelnen Satz der Kinder aus der Stadt. Es ist ein erbitterter Kampf, ein jedes der Kinder müht sich redlich mit dem Nachbarn ab.

Wenn doch ein einziges Verbot die unzähligen Objekte der Anbetung besiegen könnte. Die Mitglieder der einen Gruppe behaupten, daß Anbetung sich auf jedwedes Ding beziehen könne, die der anderen, daß Anbetung nur dem Herrgott und außer ihm niemandem gebühre. Das Schicksal der Welt hängt nun vom Ort und Wert dieses einzigen Wortes ab. Die Mitglieder der einen Gruppe bestimmen Wert und Ort der Wörter durch Verbot und Gebot, die anderen bestimmen die Bedeutung der Wörter aufgrund der Korrelation von Ort und Wert der Wörter. Und sie wären in diesem Stellungskrieg miteinander auch nicht weitergekommen, wenn das kleine Mädchen, das durch seinen arglosen Wortgebrauch die Feindseligkeiten ausgelöst hatte, nicht einen neuen Satz gefunden hätte.

«Ich bete Bohnensuppe gar nicht an! Ich bin verliebt in Bohnensuppe!»

Die Pfarrerskinder sind entwaffnet; jetzt ist es an ihnen, verdutzt zu sein. Die Kinder aus der Stadt kugeln sich vor Lachen. In einer sprachlichen Welt, in der keinerlei Gebote herrschen, hat das Absurde freie Bahn. Was wiederum beiden Gruppen den Weg zum Friedensschluß öffnet; sogar die Pfarrerskinder dürfen jetzt lachen, denn auf das Wort «verlieben» bezieht sich das Verbot nicht, oder sie sind nicht imstande abzusehen, auf welche Weise es sich darauf beziehen sollte, und so muß sich der sprachliche Konflikt auch in ihren Augen in Absurdität verwandeln.

Die soziale Dressur, die Mimik, Mimikry, Gestik und Sprachgebrauch bestimmt, reicht aber viel tiefer; sie bemächtigt sich der Sinne oder stellt sie zumindest unter Kontrolle. Auch dazu möchte ich ein Musterbeispiel anführen.

Da ist ein kleiner Junge, der sehr schnell laufen, aber nur sehr langsam, für sein Alter sehr spät sprechen lernt. Sein Blick ist klar und bestimmt, er wirkt auffallend lebhaft, empfindsam, offen und aufmerksam. Die Eltern sind besorgt, wiewohl man fast sicher sein kann, daß der Junge gerade durch seine außergewöhnliche Verstandesfähigkeit daran gehindert wird, mit verständlichem Sprechen anzufangen. Er versteht alles, aber er ist so sensibel, sein Verstand arbeitet so flink, daß die angeeigneten und der Bedeutung nach wohlsortierten Wörter sich in seinem Mund förmlich stauen und gegenseitig auf die Hakken treten. Er lernt eher stottern als sprechen. Blöcke sich aufeinander türmender Laute im Rhythmus der sich aufstauenden und abklingenden Anspannung. Die Großmutter und die Mutter sind sanftmütige Menschen, auch der Vater wäre das, wenn man ihm nicht weisgemacht hätte, daß Sanftmut nicht männlich genug sei, weshalb er zu Gewalttätigkeiten neigt, welche nicht seinem Wesen oder seiner Neigung entspringen, sondern daraus, was er sich von anderen Männern angeeignet hat. Die Wut des kleinen Jungen über seine eigene sprachliche Ohnmacht wird zuweilen so groß, daß er sich auf den Boden wirft, sich dort windet, sein kleines Gesicht und seine Lippen ganz weiß werden und er beinahe das Bewußtsein verliert, vielleicht verliert er es zuweilen für Augenblicke tatsächlich. Dann tätscheln ihn die Frauen sanft, bis er wieder zu sich kommt, vom Vater dagegen kriegt er Prügel. Er muß auf die Ungeduld des Vaters gefaßt sein, was seine Gespanntheit sicher erhöht; die Sanftmut und Geduld der beiden Frauen mildert sie wohltuend ab.

Die Familie lebt in einem kleinen Dorf. Unmittelbar neben ihrem Haus ist die Bushaltestelle, alle müssen auf ihrem Weg hier vorbei, und manch einer bleibt auch mal auf ein Wort bei ihnen stehen. Es ist Sommer. Der kleine Junge trägt nichts als ein Hemd, oft nicht einmal das. Während er auf dem sonnigen Hof umherläuft oder mit den anderen Kindern im

Graben, den man hier Schanze nennt, spielt, läßt er von seinem Geschlechtsteil, das die Einheimischen Würmchen nennen, nicht ab. Er zieht und knetet es, zupft daran mit den Fingern oder preßt es in der Faust, doch weder die älteren Kinder noch die Erwachsenen nehmen davon Notiz. Weder die Eltern noch die Großeltern, weder die fremden Frauen noch die Männer, weder die Älteren noch die Jüngeren. Kein Verbot, kein Kommentar, nicht einmal ein Auge wird zugedrückt.

Der uneingeweihte Beobachter, der in anderer Umgebung, sei es dörflicher oder städtischer, daran gewöhnt ist, daß derlei unerlaubte Handlungen mit Verboten, Züchtigung und Drohungen, in schweren Fällen gar durch Bestäuben mit Paprikapulver geahndet werden (Aufgemerkt! Das Triebhafte wird durch Bestrafung und Liebesentzug bewußtgemacht, und von da an wird bei meinen Trieben *diejenige* Person das Sagen haben, *die* es mir bewußtgemacht hat!), wäre fast schon geneigt, die Einheimischen wegen ihrer weisen Nachgiebigkeit oder gar aufgeklärten Nachsicht zu rühmen, als er feststellen muß, daß es sich auch hier weder um Nachsicht noch um Nachgiebigkeit, nicht um Weisheit oder um Indifferenz handelt, sondern darum, daß die triebhafte Handlung des kleinen Jungen durch ein magisches Ritual in eine andere Ordnung eingebettet ist, die aller Wahrscheinlichkeit nach sehr viel älter als die bekannten Verfahrensweisen ist.

Es findet ein Initiationsritual statt. Das Ritual wird von erwachsenen Männern vollzogen, nicht von jungen und nicht von alten; die jüngeren Männer schauen etwas beklommen zu, die alten mit einem nachsichtigen Lächeln, die Frauen ziehen sich entweder völlig zurück und zeigen eine unbeteiligte Miene, oder sie assistieren dabei mit gedämpftem Lachen. Die Zeremonie ist nicht geheim, sie findet vor der gesamten dörflichen Öffentlichkeit statt, allenfalls die Sprache der Zeremonie ist symbolischer Art.

Nachmittags, wenn die von der Arbeit Heimkehrenden in kleinen Gruppen sich laut unterhaltend am Haus vorüberkommen, greift irgendeiner der Männer demonstrativ in die Hosentasche, kramt darin herum, findet ein Taschenmesser, zieht es mit einer bedeutungsvollen Geste heraus, klappt es auf, zeigt es vor und geht dann mit dem geöffneten Taschenmesser, während er wilde Schreie ausstößt, auf den kleinen Jungen zu. Das Kind, das sich jeden Nachmittag schon im voraus vor der zu erwartenden Szene fürchtet, aber auf ihre Wiederholung wartet und sie herbeisehnt, bedeckt sein Geschlechtsorgan mit den zwischen die Beine gepreßten Händen und bleibt so an der Stelle, wo es überrascht wird, stehen.

Der Mann, der sich mit aufgeklapptem Taschenmesser genähert hat, packt, während er unartikulierte Schreie ausstößt, den kleinen Jungen; ganz gleich jedoch, welcher der Männer das Ritual auch ausführt, das Anpacken geschieht immer zärtlich, wie eine Umarmung, liebevoll und vorsichtig. Wenn auch nicht frei von Hinterlist, denn im nächsten Moment schreit der Mann los: «Jetzt schneid ich dir dein Würmchen ab!» Und er zeigt mit dem Messer, wie er das tun wird. Er wird das Ding schon mit einem ordentlich tiefen Schnitt abtrennen. Der kleine Junge fürchtet sich tatsächlich davor, aber seine Furcht ist ebenso rituell wie die Drohung selbst. Er drückt sein Würmchen, schreit und quiekt aus voller Kehle, wie es sich gehört, und versucht, sich der zärtlichen Umarmung zu entwinden.

Doch die Umarmung ist nicht kraftlos, und da sie noch verstärkt wird, kann er sich ihr nur entwinden, wenn er seine rituelle Angst bis zu wahrer Tobsucht steigert; wenn er sich wie ein wildes Tier in der Falle benimmt. Und er benimmt sich wirklich so, mit seinen Tritten und Bissen fügt er dem Mann echten Schmerz zu, so daß diesem auch schon mal ein lautes Stöhnen und Zischen entfährt. Die Situation ist angesichts des offenen Taschenmessers und der unberechenbaren Bewegungen des Jungen gar nicht so ungefährlich. Frauen und Männer, die zum Teil den Mann ermuntern, er solle es nur ruhig abschneiden, zum Teil den Jungen anfeuern, er solle fliehen, behalten diese nicht ungefährlichen Elemente des Rituals im Auge. Zu der echten Furcht des Kindes, seinem wirklichen Kampf, kommt der echte Schmerz des Mannes, der das Ritual vollführt, und die reale Angst der Zuschauer hinzu. Das ist der erste kollektive Höhepunkt der Zeremonie.

Auf den Gesichtern der Zuschauer zeigt sich ein kollektives Wissen. Es äußert sich in einer Art Teilnahmslosigkeit. So als wollten sie ausdrücken, das Ritual sei nur dann echt, wenn es echte Furcht und wirklich Schmerzen verursacht und auch in ihnen reale Angst erweckt. Zugleich sind ihnen aber auch die notwendigen Techniken von Steigerung und Spannungsabführung vertraut, und so können sie dank durchlebter Angst, doch unbeteiligt, die Zeremonie wie Kontrolleure daraufhin beobachten, ob der Mann seine Sache auch mit gebotenem Geschick verrichtet. Wie lange einer diesen Höhepunkt ausdehnt, hängt vom Charakter der Männer ab. Denn der eine findet an der Furcht des kleinen Jungen größeren Gefallen, während beim anderen die Sorge um ihn überwiegt, der eine hält das zappelnde Kind fester im Arm, der andere zärtlicher. Auf jeden Fall kommt der Moment, wo sie Unaufmerksamkeit oder Ungeschicklichkeit mimen müssen, um dem Kind das Entkommen zu ermöglichen. Der kleine Junge, den Verfolger und sein Messer hinter sich wissend, flieht. Er könnte weglaufen, aber er läuft nicht weg, sondern sucht unter dem Rock der Mutter, der Großmutter oder, sind diese gerade nicht da, dem der nächstbesten Frau Zuflucht. Da hält der Mann ein, das Kampfgeschrei hört auf, und die ganze Männerschar bricht in schallendes Gelächter aus. Weder die jungen Männer noch die alten lachen, auch die Mädchen bleiben stumm, allenfalls die Frauen lachen leise. Der kleine Junge verbirgt, vergräbt seinen Kopf im Schoß der Frau, seine Hand klebt nach wie vor an seinem Geschlechtsorgan.

Der Mann, zwar nicht gerade außer sich, aber doch vom Lachen erregt, fragt nun mit schmetternder Stimme: «Na, was gibt es denn zwischen den Beinen der Frauen?» Ob das Kind antwortet oder nicht, die Frage wird noch wenigstens vier-, fünfmal gestellt und von den umstehenden Frauen und Männern im Chor auch beantwortet: «Faule Aprikosen!»

Mit diesem Spruch, der vom Chor im Kanon in die Welt hinausgerufen wird, wobei immer auch die helle Stimme des Jungen deutlich zu vernehmen ist, erreicht die Zeremonie ihren zweiten Höhepunkt.

Wenn auch die Spannungsabführung noch gut gelingt, sind beide bis aufs Haar proportional. Beide Höhepunkte sind aufeinander bezogen, und beide werden so lange ausgedehnt, daß sie wechselseitig erfahrbar werden. Der Ausgang des Kampfes zwischen dem Mann, der die Initiation vollführt, und dem Jungen, der initiiert wird, wird durch das ungleiche Kräfteverhältnis bestimmt: Wir sehen alles, wir wissen alles, du kannst dir nicht ungestraft Lust verschaffen, du kannst der Strafe allenfalls entkommen, wenn wir ungeschickt sind oder wenn es uns gerade so beliebt. Doch wohin und zu wem auch immer du flüchtest, wir sind es auch – und das wird wiederholt vom zustimmenden Chor der Frauen und Männer –, die über deine Zuflucht das Werturteil fällen. Du lebst in einer Welt, in der dein Ekel auch von denen gutgeheißen wird, vor denen man sich zu ekeln hat. Und die Billigung wird auch noch gestisch bekräftigt, denn die Frauen nehmen den in ihrem Schoß Zuflucht suchenden Jungen niemals in die Arme und liefern ihn auf diese Weise den Männern gänzlich aus. Wer würde unter solchen Umständen wagen, sich vor faulen Aprikosen nicht zu ekeln. Im Leben des kleinen Jungen wird dies die erste Wortverbindung sein, die er verständlich, laut und mit nicht geringer Lust aussprechen kann. Und nun folgt die Abschlußphase der Zeremonie.

Er eignet sich die Wortverbindung natürlich samt jener Gestik und Mimik an, an die sie vom gemischten Chor der Erwachsenen gebunden wurde. Während er sie ausspricht, stößt er mit angewiderter Miene die Mutter, die Großmutter oder diejenige Frau, bei der er Zuflucht gesucht hat, von sich. Seine

Mimik und Gestik und jene wiederholten Ausrufe, die von nun an bis in alle Ewigkeit aufeinander bezogen sind, werden vom lärmenden Gelächter der Männer und dem leisen Lachen der Frauen honoriert. Der kleine Junge freut sich natürlich, daß er etwas tut, das die anderen erfreut. Er wird jenen erwachsenen Männern folgen, die ihm weh getan haben. Und er wird bei jenen erwachsenen Frauen Zuflucht suchen, vor denen er sich zu ekeln hat. Anstelle der versagten Lust gibt es kollektiv zugewiesenen Gestank. Anstelle des verwehrten Triebhaften etwas, das ekelhaft bewußtgemacht wird. Anstelle dessen, das auf mich bezogen ist, etwas, was von den anderen auf mich bezogen wird. Das Messer verschwindet wieder in der Hosentasche, zufrieden lärmend zieht die Gruppe der Erwachsenen davon.

Mit dieser Zeremonie wurde der kleine Junge nicht ins Prinzip Leben, sondern in das kollektiver Lebensorganisation eingeweiht. Die Methode ist magischer, der Inhalt der Initiation dagegen mentaler Art. Werden die Verhaltensweisen auf solche Weise gebahnt, wird die Funktion der Sinne an solche Bedingungen geknüpft und wird mir das Sprechen darüber so beigebracht, dann werde ich bis an mein Lebensende dem Prinzip der Lebensorganisation folgen und eine Sprache sprechen, die mir das Prinzip Leben nicht enthüllt, sondern verhüllt. Die Liebe kann mich retten. Oder ich begehre auf.

Ich werde zum Bösewicht, räche mich wegen meiner eigenen Begehren an jenen Menschen, auf die sich mein Begehren richtet. Ich werde zur grauen Maus, die bereitwillig auf jede Freude verzichtet und bereitwillig an den anderen exekutiert, was jedermann von ihr fordert. Ich werde zum Selbstmörder, weil ich nicht Luftschlösser bauen will. Ich werde wahnsinnig, nur um andere nicht verletzen zu müssen.

Der Kriminologe Kurt Schneider rief angesichts der Fakten und der Zusammenhänge, die sich ihm eröffneten, ganz verzweifelt aus: «Kann man denn zu Recht verlangen, daß sich Menschen mit derart defekten und pathogenen Schicksalen normgerecht verhalten? Man verlangt es eben, und das ist das Fundament des Ganzen.»

Die Unmöglichkeit dessen, was verlangt wird, läßt sich vielleicht am besten durch die Analyse der so wenig beachteten Schimpfwörter, Flüche, Invektiven und Verwünschungen beleuchten. Ich muß Aufforderung oder Wunsch, die sich in diesen festen Wortverbindungen äußern, als kollektives Gebot interpretieren. Schimpfwörter und Flüche, Schmähungen und Verwünschungen sind kollektive Gebote, die das Verhalten performieren, und in diesem Sinn sprachliche Embleme für Verfahren magischer Art.

«Fuck your mother!»

Wenn sich mir jemand mit wütender Miene zuwendet und mich, von ausdrucksstarker Gestik begleitet, zu dieser Handlung auffordert, muß er wohl von der Annahme ausgehen, daß ich mir unbewußt oder bewußt so etwas wünsche, also fordert er mich auf, mir einen Wunsch zu erfüllen, der zu den Dingen gehört, die mir am strengsten untersagt sind. Das bedeutet, ich bin ein Mensch, der nicht nur aufgrund jenes Tuns, mit dem ich ihn verletzt habe, als Frevler gilt, sondern auch aufgrund alles übrigen. Ich bin ein Mensch, der sich selbst aus der rechtlichen Gemeinschaft der Menschen ausgrenzt. Diese feste Wortverbindung, oder vielmehr die in der Aufforderung versteckte magische Logik des Verbots, kann nur dann Gültigkeit haben, wenn die das Verbot vertretende Kollektivität aus Personen besteht, die ihrer Mentalität nach sich solches wünschen oder von der realen Möglichkeit eines derartigen unbewußten Wunsches zumindest Kenntnis haben. Es gilt das Gesetz, daß zu einem jeden eine Person gehört, die hinsichtlich seiner Wünsche tabu ist. Gemäß der magischen Logik aber kann ich das, was für jeden schlecht ist, nur abwehren, wenn ich es bei jedem zitiere. Die Wahl des Ödipus ist eine unbewußte. Die Beschimpfung hebt das Ödipus Unbewußte ins allgemeine Bewußtsein.

«Du Hurensohn!»

«Sohn einer Hure!»

«Fick deine Hurenmutter!»

Diese festen Wortverbindungen gründen in der Annahme, daß die mit diesem Schimpf bedachte Person für Regelverletzungen qua Herkunft prädestiniert sei. Schon die Mutter hat sich außerhalb der Gesetze gestellt, die Abstammung des Angesprochenen ist ungewiß: Er ist ein Bastard! Angesichts eines solchen Aufgebots von Ungesetzlichkeit brauchen wir uns nicht zu wundern, wenn der Angesprochene sich wünscht, eine so gesetzeswidrige Tat mit seiner außerhalb der Gesetze stehenden Mutter auszuführen. Wenn wir eine solche Behauptung ernst nähmen, wenn das Schicksal eines Menschen tatsächlich so determiniert wäre, so müßten wir für ihn größtes

Mitleid empfinden und ihn sehr bedauern. Ein unglücklicher Mensch! Doch nichts da von Bedauern, nichts von Mitleid, denn wir fordern ihn ja gerade selbst auf, eine Tat zu begehen, die wir laut mentalem Inhalt der Beschimpfung aufs schärfste verurteilen. Der Sprecher folgt trotzdem einer magischen Logik. Denn der vaterrechtlich bestimmte Abstammungsnachweis ist mit Ungewißheiten behaftet, und so verfügt der Sprecher nicht nur über keine Sicherheit, was die unrechtmäßige Abstammung des Angesprochenen angeht, wenn dessen Mutter eine Hure wäre, sondern er selber muß mit der realen Möglichkeit rechnen, daß auch er unsicherer Abstammung ist. Durch das Ansprechen einer Person benennt er jene allen drohende Gefahr, die er als Möglichkeit auch für sich selbst nicht völlig ausschließen kann.

«Einen Pferdepenis in deinen Arsch!»*

Um den Sinn dieses Wunsches voll erfassen zu können, müssen wir den unvollständigen Satz mit etwas Phantasie ergänzen. Das fehlende Verb deutet darauf hin, daß sich zu einem älteren Verbot hier ein Verbot neueren Datums hinzugesellt hat und die die unterschiedlichen Handlungen bezeichnenden Verben ihre ursprüngliche Aussage als Hinweis auf beide Verbote bewahrt haben. Das Verbot, das sich auf den Geschlechtsverkehr mit Tieren, die Sodomie, bezieht, mag wohl das ältere von beiden sein, zu dem das Verbot des Analverkehrs erst später hinzugekommen ist.

Wenn ich von jemandem erwarte oder ihn auffor-

* *Lófasz a seggedbe*, im Ungar. gebräuchlich.

dere, den Geschlechtsakt mit einem Pferd zu vollziehen, ermuntere ich ihn zum Gesetzesbruch. Wenn ich dazu noch verlange, daß das Tier den Akt im Anus vollführt, fordere ich ihn zum Begehen einer Mehrfachstraftat auf, weil ich von ihm annehme oder gar weiß, daß er ein derart ruchloser Mensch ist. Die magischem Denken folgenden Schimpfwörter und Flüche sind nach mentaler Denkweise eindeutig falsch. Wenn ich nämlich von jemand annehme, er wünsche sich Analverkehr mit einem Pferd, so würde er das doch wahrscheinlich deshalb tun, weil es seiner Mentalität entspricht und ihm demzufolge guttut. Das magische Denken hingegen kennt nicht ein Gut, das für jemanden schlecht ist, oder ein Schlecht, das für jemanden gut ist, denn es kann selbst im Falle auserwählter Personen gut oder schlecht nicht an deren Mentalität binden. Es beschwört das für jedermann Schlechte, bindet es, leistet ihm Abbitte, schließt es aus und sichert so in jedermann die Herrschaft des Guten. Die Beschimpfung erinnert nicht an das für jedermann Schlechte, sondern an das laut Verbot Schlechte. Die Aufgabe des Verbotes ist es aber, Taten zu unterbinden, die nicht unbedingt für die ausführende Person schlecht, jedoch unbedingt schlecht für die Gemeinschaft sind. Zugleich kommen die als für die Gemeinschaft schlecht angesehenen Handlungen aber auch nicht einfach aus heiterem Himmel, sagen wir, wie ein Blitz, sondern es sind menschenmögliche Handlungen, zu denen die Mitglieder der Gemeinschaft real fähig sind.

Die in Schimpfwörtern und Flüchen vorkommenden Absurditäten resultieren aus der Unterschiedlichkeit von mentalem und magischem Denken, ohne daß der Benutzer der Schimpfwörter sich dieser Absurditäten bewußt würde. Der unbewußt Schimpfende möchte mich darauf aufmerksam machen, daß ich ein Sittengesetz verletze oder etwas Verbotenes tue, aber er ermahnt mich zur Einhaltung der Gesetze mittelbar durch die Methode, mir andere verbotene Handlungen ins Bewußtsein zu rufen. Auf diese Weise entsteht Verhaltenspräformation. Ich muß auf der Hut sein, nicht einen einzigen, den kleinsten Fehler zu begehen, um nicht gleich den schwersten Beschimpfungen ausgesetzt oder mit verbotenen Handlungen in Verbindung gebracht zu werden, die ich nicht nur nicht begangen habe, sondern auch nicht zu begehen denke. Andererseits unterrichten mich diese wuchtigen Invektiven und deftigen Flüche als sprachliche Embleme seit frühester Kindheit von verbotenen Handlungen, von denen ich keinerlei sinnliche Erfahrung habe, wodurch der Rahmen der sinnlichen Wahrnehmung von vornherein abgesteckt oder zumindest der sich auf verbotene Handlungen richtenden Phantasie freier Lauf gegeben wird.

«Lutsch mir den Schwanz!»*

Diese Aufforderung kann in freundlichem Tonfall vorgebracht werden, als Synonym etwa für: «Ach, du redest doch Unsinn, ich hab genug von dir!», oder auch äußerst aufgebracht und feindselig, etwa als Synonym für: «Ach, mit dir kann man doch nicht reden, du bist ja nicht normal!» Aber ganz gleich, mit welcher Intonation es auch daherkommt, es ist das vielleicht bestaunenswerteste, vielleicht das absurde-

* *Szopd le a faszom*, im Ungar. gebräuchlich.

ste Emblem in der Sprache. In diesem Fall richtet der Sprecher weniger für den anderen als für sich selbst eine Verbotsschranke auf, indem er den anderen auffordert, ihm durch eine verbotene Handlung Genuß zu verschaffen, eine Handlung, die der Angesprochene ja ganz gewiß zu tun beabsichtige, da er ja auch sonst ein zu allem entschlossener Halunke sei. Der Sprecher verbietet sich einen Wunsch, in dem er die Aufforderung an einen Menschen richtet, der ihm in einer anderen Sache etwas Schlechtes getan hat, so daß er ihm folglich auch in dieser Sache nicht guttun könnte. Der Sprecher kann die in dieser Beschimpfung angedeutete reale Möglichkeit einer verbotenen Handlung nicht allein auf den Angesprochenen, sondern muß sie vor allem auf sich selbst beziehen, und damit gibt er ihren Gegenstand, den er nach kollektivem Urteil ansonsten von sich weisen muß, der Willkür der eigenen Mentalität anheim.

Bei den zuvor erwähnten Sprüchen kann ich die magische Logik und den mentalen Gehalt dieser festen Wortverbindungen voneinander trennen, in diesem Emblem jedoch nicht. In dieser festen Wortverbindung ist das magische Element kaum noch zu erkennen, das Mentale herrscht vor und diskreditiert geradezu die magische Logik. Du darfst mir nichts Gutes tun, da du mir etwas Schlechtes angetan hast. Eine solche Aussage ist hinsichtlich des Magischen ohne jede Bedeutung. Der ältere Spruch hat etwas ungelenk ein Verbot neueren Datums sich einverleibt. Den Hinweis auf den problematischen Abstammungsnachweis, die Warnungen vor Sodomie oder Analverkehr und das Inzestverbot können wir auch als Mittel zum biologischen Selbstschutz der

Kollektivität auffassen, und als solches müssen wir sie nicht nur historisch ernst nehmen. Das auf den Oralverkehr sich beziehende Verbot gehört nicht in diesen Bereich der arterhaltenden Hygiene, denn es ist in dieser Hinsicht ohne Relevanz.

«Leck mich am Arsch!»

«Ich scheiß auf dich!»

«Scheiße!»

Die mit dem Fäkalbereich operierenden festen Wortverbindungen gelten als zahme Beschimpfungen. Was ich auf diese Weise kennzeichne, finde ich bloß schlecht. Wir gebrauchen diese Wörter und die daraus abgeleiteten Wortverbindungen so häufig, so sehr sind sie zum Bestandteil unserer Alltagssprache geworden, daß sie jede beschwörende, drohende, verbietende oder rechtsstiftende Bedeutung verloren haben. Der Sprecher will allenfalls plötzlichen Unwillen, leichte Aufgebrachtheit, Nichtzustimmung oder seine vorübergehende Unzufriedenheit zum Ausdruck bringen, doch freundschaftliche Gefühle sind dabei keineswegs ausgeschlossen. Die Bedeutung dieser Wortverbindungen hängt, im Gegensatz zu den davor aufgeführten, am ehesten von der Intonation ab. Die zuerst genannten entspringen schwerwiegenden Konflikten, sie verweisen auf schwerwiegende Konflikte, und durch ihren Gebrauch können ähnlich schwerwiegende Konflikte entstehen. In den Emblemen, die mit dem Fäkalbereich zusammenhängen, sind die Konfliktgegenstände mittlerweile völlig verschwommen, obwohl diese Invektiven historisch den ältesten Schichten des menschlichen Bewußtseins angehören und gerade ihr häufiger Gebrauch darauf hindeuten könnte, wie virulent die durch sie bezeichneten kollektiven Konflikte bis auf den heutigen Tag geblieben sind. Eigentlich müßten sie als die schwersten Beleidigungen gelten und als solche am allerwenigsten tolerierbar sein.

In der realen Beziehungsstruktur der *societas* kann ich ein Bastard sein, meine Mutter eine Prostituierte, ich kann mich auf Inzest einlassen, der Sodomie verfallen, kann mir Genuß anal oder oral zu verschaffen suchen und kann für solcherart Handlungen mein Ausgestoßensein in Kauf nehmen, trotz alledem bleibe ich ein Mensch, dessen Handlungen als Möglichkeit solcher Handlungen charakteristisch für alle Mitglieder der Gemeinschaft sind. Schwerwiegenderes aber, als zu behaupten, daß ich ein Exkrement sei, daß man mich mit Fäkalien beschmutzen werde oder daß ich geradezu darauf aus sei, mir Fäkalien einzuverleiben, gibt es nicht. In diesem Fall bin ich vollkommen aus der menschlichen Gemeinschaft herausgefallen und habe mich oder werde mit etwas identifiziert, dem gegenüber sich das Kollektiv nur eindeutig ablehnend verhalten kann. Wenn das so ist, kann ich mich, sowohl im Wollen als im Tun, niemandem mehr zugesellen. Ich bin nicht nur aus dem Kreis der Wechselseitigkeitsrelation, sondern auch aus dem der Gegenseitigkeitsrelation ausgeschlossen.

Die skatologischen Invektiven stehen vermutlich in Zusammenhang mit der an Härte alles übertreffenden Verhaltensdressur, der ein menschliches Geschöpf an der Schwelle vom Säuglings- zum Kleinkindalter unterzogen wird. Das menschliche Geschöpf muß sein eigenes biologisches Funktionieren Bedingungen unterwerfen, unter die eigene

Kontrolle bringen, so wie es aus hygienischen Gründen auch höherentwickelte Tiere von ihren Jungen verlangen. Es erweist sich in dem Maße als Mensch, als es dazu fähig ist, und ihm wird in dem Maße gedroht, es wird in dem Maße gezüchtigt und durch Liebesentzug bestraft, als es dazu nicht fähig ist oder gegen die Entfaltung dieser Fähigkeit sich sträubt. Nach dem Geburtsschock ist diese Prozedur wahrscheinlich die größte Erschütterung für das menschliche Wesen, allerdings eine, durch die zugleich auch die Fähigkeiten des Verstandes mobilisiert werden, die zum Teil für die Gattung charakteristische allgemeine Gaben, zum Teil spezifische Gaben seiner Wesensart sind.

Es ist eine äußerst interessante Frage, warum diese auf den Fäkalbereich bezogenen Wörter und sämtliche daraus abgeleiteten Wortverbindungen, welche auf eine tiefe, mächtige und archaische Erschütterung verweisen, dennoch zu den harmlosesten, zugleich am häufigsten ausgestoßenen Beschimpfungen avanciert sind. Warum ist das Wort Scheiße zum kollektiven Schlüsselwort der europäischen Sprachen geworden? Schon die auf den Manichäismus folgenden frühmittelalterlichen Theologien machten es zum Schlüsselwort, es wurde zum Synonym für das Böse, das Schlechte, das Teuflische, und bis auf den heutigen Tag hat es in unserem Bewußtsein seinen Platz in der Paarung mit dieser sehr abstrakten Bedeutung.

Ein Papierschiffchen auf dem tosenden Ozean der Zwänge. Womit ich nicht mehr sagen will, als daß das menschliche Geschöpf, das mir vor Augen steht, mit all den Elementen, die Träger und zugleich Objekte seiner Existenz sind, in einem leidenschaftlichen und dramatischen Verhältnis lebt. Was auch nicht annähernd so selbstverständlich ist, wie es auf den ersten Blick erscheint.

Tauchen wir unsere Hände ins Meer und fassen mit ihnen, und sei es nur für einen Augenblick, eine Qualle. Eine schwierige Aufgabe, denn die Qualle unterscheidet sich vom Meer weniger durch ihre Farbe als durch ihre Konsistenz, so daß wir sie mit bloßem Auge vom Wasser gar nicht trennen können. Erst wenn wir mit unseren Fingern oder in der Handfläche die andersartige Substanz dieses Stoffes gespürt haben, sehen wir auch, was wir spüren. Das Spüren mit den Fingern oder der Handfläche geht mit einer Bewegung einher, die Bewegung stoppt die Strömung, oder vielmehr, sie erzeugt andere Strömungen, und schon wird der Körper dieses sonderbaren, sich vom Wasser lediglich in seiner Konsistenz unterscheidenden Lebewesens uns von soviel Strömung wieder aus der Hand geschwemmt, was wir wiederum nicht sehen können.

Réaumur nennt die Qualle *zu Gallert gewordenes Wasser*, Michelet *verfestigte Flut*.

Die Beziehung eines solchen Lebewesens zu seinem Lebenselement kann weder leidenschaftlich noch dramatisch sein. Es unterscheidet sich in seiner Konsistenz vom Wasser genau nach Maßgabe der Strömung. Doch wer kann das Strömen einer Sache von dem, was strömt, unterscheiden?

Birne und Apfel begegnen sich in dem Begriff Obst, wenngleich niemand je «Obst» gesehen hat oder sehen wird. Konsistenz und Strömung treffen sich in der Qualle, das aber kann jeder sehen, der es spürt.

Bis wir herangewachsen sind, ist alles benannt. Der Name des Tisches ist nun ein für allemal Tisch, der Name des Stuhles ist Stuhl, der des Wassers Wasser, der Name Gottes ist Gott, die Frau kann nicht mit dem Mann verwechselt werden, und der Name beider ist Mensch; wir sagen Liebe zur Liebe und Tod zum Tod. Wir können mit diesen durch allgemeine Übereinkunft akzeptierten Namen Dinge, Erscheinungen und Vorgänge benennen, von denen wir persönliche Erfahrungen haben, wie auch solche, von denen wir keine persönliche Erfahrung haben, und bis an die Schwelle der Pubertät pflegen wir hinsichtlich der Glaubwürdigkeit der Benennungen keine Überlegungen anzustellen. Tisch, Wasser, Feuer, Frau und Mann schließen auf der persönlichen Erfahrungsebene nicht allein die Dinge, Erscheinungen oder Vorgänge ein, die sie per Übereinkunft bezeichnen, sondern mindestens ebenso nachdrücklich auch die Umstände, unter denen wir uns die Namen dieser Dinge, Erscheinungen oder Vorgänge angeeignet haben. Aus den Umständen ihrer Aneignung leiten wir ihre Bedeutung ab, wobei der Umstand, daß ebendiese Dinge, Erscheinungen und Vorgänge in der für uns überschaubaren Umgebung mehr oder weniger von jedem mit den gleichen Namen benannt werden, uns lediglich in der Überzeugung bestärkt, daß auch die anderen sich diese Namen und Begriffe unter ähnlichen oder identischen Umständen angeeignet haben.

In diesem Sinn steht hinter Tisch und Gott ebenso

die Existenz von Vater und Mutter oder einer Person gleicher unanfechtbarer Autorität wie hinter Wasser und Tod. Auf der Ebene der persönlichen Erfahrung ist jedes unserer Worte, unser ganzer Wortschatz die Bezeichnung unseres Vertrauens zu den Personen, von denen wir uns diesen Wortschatz angeeignet haben; in Wahrheit haben wir uns mythisches Denken angeeignet. Der Sinn der Wörter wird durch einen Bedeutungsgehalt bestimmt, der sich an die Umstände samt deren Auswirkung knüpft, unter denen wir sie uns zu eigen gemacht haben. Die Bedeutung eines Wortes wird eine andere, wenn Freude statt Schmerz seine Aneignung begleitet, obgleich es der Lautform nach ein und dasselbe Wort bleibt. Die emotionale Bedeutung des Wortes behält bis ins Jugendalter hinein den Vorrang vor seinem festgelegten Sinn. Dasselbe gilt für die Intonation, die Mimik, die Mimikry und die Gestik.

Die sinnliche Wahrnehmung von Dingen, Erscheinungen und Vorgängen löst Emotionen in uns aus, doch dieselben Dinge, Erscheinungen und Vorgänge werden von unseren Fürsorgern nicht nur benannt, sondern das Benennen wird durch das emotionale Instrumentarium von Intonation, Mimik und Gestik mit Wertmaßstäben verknüpft, die mit sämtlichen Bedingungen unseres bloßen Daseins in unmittelbarem Zusammenhang stehen.

Wenn das Kleinkind darauf besteht, daß die durch die Sinneswahrnehmung ausgelösten Emotionen bei weitem nicht dem Wertmaßstab entsprechen, an den unsere Fürsorger die Bedeutung von Dingen, Erscheinungen und Vorgängen knüpfen, jene Bedeutung, die es nunmehr schon mit den gleichen Wörtern wie sie benennt, hat diese Insubordination Züchtigung, Zorn, Liebesentzug oder Bestrafung zur Folge. Ohne diese Personen können wir nicht existieren, somit wird unsere Existenz schon durch die willkürliche Interpretation eines einzigen Wortes unmittelbar bedroht. In Wahrheit eignen wir uns durch diese Erfahrung magisches Denken an.

Dem magischen Denken gemäß ist es nicht möglich, daß die Wörter eine Sinngebung erfahren, wonach das, was für mich gut ist, für den anderen schlecht ist, sondern die Wörter können nur bedeuten, was für jeden gut ist; was als schlecht heraufbeschworen wird, muß dagegen gemeinsam vertrieben werden. Als Kind vertreiben wir täglich Hunderte Male gemeinsam mit den fürsorgenden Personen den bösen Geist der Worte aus unseren eigenen Wörtern. Würden wir das nicht tun, würde es nicht gelingen, das magische Ritual zu vollziehen, so würden wir uns der Fürsorge berauben und könnten nicht überleben.

Derart wird der erlernte Sinn der Wörter nunmehr Tag für Tag, Jahr für Jahr mit emotionalen Bedeutungsmassen beladen, die uns nachhaltig und unbewußt von jenen von unseren eigenen Sinneswahrnehmungen ausgelösten primären Emotionen abbringen. Die Wörter werden von einem emotionalen Netz gehalten, das aus den durch die eigene Wahrnehmung hervorgerufenen Emotionen und jenen Emotionen, von denen ihr vereinbarungsgemäßer Sinn getragen wird, geknüpft ist. An der Unterschiedlichkeit der emotionalen Werte, die zu dem vereinbarungsgemäßen Sinn der Wörter hinzutreten, kann die Eigenart der Aneignungsbedingungen erkannt werden, während an dem Unterschied, der sich zwischen den Wertaspekten der Aneignung und den auf meine eigene Wahrnehmung zurückzuführenden Emotionen ergibt, die Eigenart meines Wesens sichtbar wird. An der Schwelle zur Pubertät weiß das menschliche Wesen bereits, worin und in welchem Maße es sich von den Menschen seiner Umgebung unterscheidet, seine eigenen primären Emotionen setzen es über die eigenen Eigenschaften, das Ensemble seiner Eigenschaften, also über seinen eigenen Charakter ins Bild, doch darüber zu sprechen vermag es nur in einer Sprache, die den Wert der Emotionen an den festgelegten Sinn der Wörter bindet.

Der eine nennt bestimmte Pflanzen *mauvaise herbe*, ein anderer sagt dazu *Unkraut**, der dritte *csekmet*, der vierte nennt das gleiche *gyom* und der fünfte *dudva***. Daraus erfahren wir allenfalls, in welcher Sprache es dem einen oder dem anderen beigebracht wurde, von der gleichen Sache zu sprechen, oder in welcher Mundart einer Sprache jemand von der gleichen Sache spricht. Beziehungsweise wir erfahren darüber hinaus, daß in der einen Sprache besagte Pflanzen als schlecht qualifiziert werden, in der anderen durch eine Negationspartikel kundgetan wird, daß diese Pflanzen auf keinen Fall Heilpflanzen sind, während die dritte sie in keiner ihrer Mundarten irgendwie wertet und uns somit gar nichts von den Emotionen mitteilt, von denen uns in

* im Orig. deutsch

** *csekmet, gyom, dudva*: ungar. Unkraut

den beiden anderen Sprachen zwangsläufig etwas mitgeteilt wird. Doch in keiner der Sprachen und in keiner Mundart können wir über jene primären Emotionen etwas erfahren und damit Aufschluß darüber erhalten, welche persönliche Beziehung den Sprechenden mit diesen Pflanzen verbindet.

Die Liebe ist ein Zwiegespräch primärer Emotionen von zwei Menschen, doch sobald sie zu sprechen beginnen, teilen sie einander allenfalls etwas über die Bedingungen mit, unter denen sie die der Bedeutung nach gemeinsame Sprache erlernt haben.

Sagen wir von einem Kind, es sei störrisch, offen, schlau, folgsam, verschlagen, eigensinnig, streitsüchtig, so benennen wir die emotionale Methode, mit der es versucht, Aspekte der eigenen Wahrnehmung nach Maßgabe der erworbenen emotionalen Wertaspekte oder genau konträr zu diesen geltend zu machen. Doch ganz gleich, mit welcher Methode es dem eigenen Charakter Akzeptanz sichern möchte, es wird dieses Bedürfnis bis ins Jugendalter hinein nolens volens dem Bedürfnis der Selbsterhaltung unterordnen und, von diesem geleitet, eine solche vereinbarungsgemäße Sprache akzeptieren, die mit den Werten der primären Emotionen an bestimmten Punkten übereinstimmt, an anderen Punkten dagegen nicht. Es verankert in sich eine aus Bedürfnis und durch Mimikry festgelegte und abstrakte Sprache, die seinem Bedürfnis nach Durchsetzung der aus seinen Eigenschaften resultierenden Emotionen durchaus nicht entspricht, eine Sprache, die seinem Wesen inkongruent ist und die noch dazu viel enger mit dem Wesen der fürsorgenden Personen als mit dem festgelegten Sinn der Wörter zusammenhängt.

Es hat sich die Relation der Gegenseitigkeit in ihrer rigorosesten Form angeeignet, in der Wechselseitigkeit nicht einmal als Möglichkeit eingeschlossen ist.

Zu Beginn der Pubertät, mit der biologischen Reife, setzt ein gegenläufiger Prozeß ein, den ich Konfirmation der Wörter und Begriffe, Mimik und Gestik nennen möchte. Nach dem Geburtsschock und dem Schock, den die repressive Handhabung biologischer Funktionen auslöst, ist dies die dritte tiefe Erschütterung, die dem menschlichen Wesen im Leben widerfährt.

Eltern, Erzieher, Priester und Psychologen neigen dazu, die Phänomene dieses Lebensabschnitts zum einen als lästige, doch keineswegs verhängnisvolle Betriebsstörungen zu betrachten, zum anderen als etwas, was schon seit ewigen Zeiten so ist und, solange es Menschen gibt, auch so bleiben wird. Einerseits fassen sie das Ganze wie ein Naturphänomen auf, andererseits begreifen sie die in ihre Obhut gegebenen menschlichen Wesen so, als seien sie wie eine mechanische Konstruktion in Betrieb zu halten. Tips zur Gefahrenabwehr werden ausgetauscht: Laß uns hier eine Schraube etwas lockern, da eine andere schön festziehen.

Die Sache verhält sich aber genau umgekehrt. Auf der Ebene von Sprachgebrauch, Intonation, Gestik und Mimik macht jeder Jugendliche jene wirkliche Betriebsstörung offenkundig und öffentlich, die in der Natur des einzelnen und in seinem allgemeinen Verhältnis zur Natur insgesamt eben durch die per Übereinkunft akzeptierten Adaptionstechniken der mentalen Kultur ausgelöst werden. In Wahrheit versuchen die Jugendlichen, gegen Eltern, Erzieher, Priester und Psychologen die katastrophalen Fehler im Sprachgebrauch zu beheben und mit jenen mentalen Absurditäten aufzuräumen, welche die mentale Kultur, mal mit dem Glauben, mal mit der Magie, mal mit der Wissenschaft und mal mit dem Mythos operierend, als heilig, alleinseligmachend, als geheim, natürlich oder unnatürlich, als wahr und als ewig ansieht, obgleich es sich bei dem Ganzen um nichts anderes als einen gemischten Salat von Begriffen handelt, die den verschiedenen geschichtlichen Ebenen des menschlichen Bewußtseins entstammen und von unterschiedlicher Qualität sind.

Die Qualle hat die Strömung durch ihre Konsistenz adaptiert und sich so in der Kette der Lebewesen und im Systemzusammenhang des Unbelebten konditioniert. Der Mensch ist ein Lebewesen, das sich weder im System des Unbelebten noch in der Kette der Lebewesen konditioniert hat. Tag für Tag versucht er es und scheitert damit Tag für Tag. Er hängt an den ausgemergelten Brüsten der Schöpfungsmythen, doch mit allen zehn Nägeln krallt er sich in eine Natur, von der er nicht weiß, in welcher Weise er Teil von ihr ist. Hierüber ist weder zu sagen, daß es gut noch daß es schlecht sei, so wie auch schwer zu sagen wäre, warum sich die Strömung des Wassers als Qualle von der Konsistenz des Wassers absondern mußte und ob dies nun für die Qualle gut oder schlecht sei. Ich habe die Konfirmation der Wörter und Begriffe, der Mimik und Gestik zu vollführen, denn die Fürsorge hört auf, und ich muß meine Existenz dem Bedingungsgeflecht meines Charakters entsprechend im Bedingungsgeflecht der *societas* sichern. Im Prinzip kann ich mich nur an eine Gemeinschaft anpassen, in der ich das Ensemble meiner Eigenschaften konditionieren kann, doch die für mich sorgenden Personen haben mir eine Art Adaptationstechnik beigebracht, die die biologischen Funktionen und die Ausdrucksformen meiner Eigenschaften durch repressive Methoden an Bedingungen knüpft, welche nicht erlauben, daß meine Eigenschaften sich in ihrem Zusammenhang offenbaren. Durch die Konfirmation der Wörter und Begriffe, der Mimik und Gestik paßt sich das menschliche Wesen nun selbst nicht mehr nach der charakterlichen Maßgabe der fürsorgenden Personen, sondern nach der seines eigenen Charakters an ein Bedingungssystem an, welches das Ensemble seiner Eigenschaften nicht konditionieren kann, und was es wäre, das es eigentlich zu konditionieren hätte, wird von den ihm zur Verfügung stehenden magischen und mythischen Techniken meistens sogar verdeckt.

Michel Foucault fragt durch alle drei Bände seiner *Histoire de la sexualité* hindurch, «wie diese Verhaltensweisen zu Wissensobjekten geworden sind. Auf welchen Wegen und aus welchen Gründen hat sich der Erkenntnisbereich organisiert, den man mit dem relativ neuen Wort ‹Sexualität› umschreibt?»

Er stellt im Zusammenhang mit dieser Frage zwei wichtige Thesen auf. Zunächst erkundet er in äußerst subtiler Weise, wie die Sexualität getauften Verhaltensweisen seit dem siebzehnten Jahrhundert Gegenstand von Repression durch Macht und im Ergebnis eben dieser Unterdrückung zu Wissensobjekten oder, wie er in Anlehnung an Nietzsche formuliert, zu Objekten des «Willens zum Wissen» wurden. Und er erkundet, wie es dazu kam, daß sich der Begriff Freiheit mit dem der Sexualität verbunden und sich ein Zustand entwickelt hat, in dem «... schon die einfache Tatsache, vom Sex und seiner Unterdrückung zu sprechen, etwas von einer entschlossenen Überschreitung (hat). Wer diese Sprache spricht, entzieht sich bis zu einem gewissen Punkt der Macht, er kehrt das Gesetz um und antizipiert ein kleines Stück der zukünftigen Freiheit.»

Die Repression durch Macht, die nach seiner Auffassung «nicht eine Institution [ist], ... nicht eine Struktur, ... nicht eine Mächtigkeit einiger Mächtiger», sondern «der Name, den man einer komplexen strategischen Situation in einer Gesellschaft gibt», hat nebeneinander und gegeneinander zwei Arten von Geschichte und dementsprechend zweierlei Sprachen entwickelt. Eine Geschichte des Verschweigens und Zum-Schweigen-Bringens, also zensierte Sprache, und eine Geschichte des individuellen Freiheitsstrebens, die Sprache der unkontrollierten «diskursiven Explosion».

Man könnte im Sinne Foucaults sagen, daß in dem Maß, wie der Begriff Sexualität am Horizont des allgemeinen Denkens aufsteigt, der der Liebe untergeht. «Im Zusammenhang mit der neuen Pastoraltheologie» der nachtridentinischen Kirche «und ihrer Einschärfung in den Seminaren, Kollegs und Klöstern ist man von einer Problematik der Beziehungen zu einer Problematik des ‹Fleisches› übergegangen, d. h. zu einer Problematik des Körpers, der Natur der Empfindung, der Natur der Lust, der geheimsten

Regungen, Bewegungen der Begehrlichkeit, der subtilen Formen der Ergötzung und Willfährigkeit».

Wenn wir anstelle von Liebe Sexualität sagen, so sprechen wir anstelle von Beziehung von Körper, Fleisch und Lust. Sprechen wir von Beziehung, so von der zwischen zwei Menschen, sprechen wir von Körper, von Fleisch oder von Lust, so können es die von einem Menschen sein, die von zweien oder eben die von allen.

Besonders interessant an der Arbeit Foucaults ist, daß er hinter dem Wandel des Begriffsgebrauchs genau jene Prozesse und Phänomene aufspürt und untersucht, die zu dem Wandel führten, doch für den eigenen Sprachgebrauch keine Konsequenzen daraus zieht. Nicht nur daß er den Begriff Sexualität ohne weiteres ins Mittelalter und ins Altertum projiziert, sondern er verwendet ihn das eine Mal als Synonym für Liebe und setzt ihn ein andermal als Träger irgendwelcher moralischen Werte geradezu gegen den Begriff Liebe ein. Er verfährt letzten Endes auch nicht anders, als es die Umgangssprache bei der Anpassung an die Erfordernisse der Gesprächssituation tut. Damit vertieft er das Problem, das er drei Bände hindurch zu erhellen sucht.

An erster Stelle müßten wir untersuchen, ob es sich hier tatsächlich um synonyme Begriffe handelt oder ob wir Liebe als einen Sammelbegriff zu verstehen haben, innerhalb dessen der Begriff Sexus und über ihn der Begriff Sexualität, also die Funktion des Sexus, nur Teilbegriffe sein können. Und zweitens müßte untersucht werden, ob der «Wille zum Wissen» sich nicht auf eine Situation bezieht, deren Praxis die Repression ist, und wenn es so ist, ob dann mein trotzig gewolltes oder anscheinend gewolltes Wissen von den in einer repressiven Situation praktizierten Verhaltensweisen nicht mehr über die Repression selbst aussagt als über die Verhaltensweisen, die ich Sexualität nenne?

Als zweiten wichtigen Fragenkomplex erkundet Foucault, bei der Erörterung der Kritik an der Repressionshypothese, unter welchen historischen Bedingungen sich die dialektische Beziehung zwischen Repression und dem Willen zum Wissen herausbildet und wie sie von da an auf die Geschichte der Menschheit einwirkt. In den Ausführungen über die Geschichte der auch rückblickend Sexualität genannten Verhaltensweisen findet sich bei Foucault die ungemein aufschlußreiche Formulierung, daß es sich dabei nicht um «eine neue Mentalität» handele, also nicht darum, daß die Menschen *nicht verliebt ineinander* wären, sondern darum, daß der «öffentliche Diskurs» über den durch Machtmechanismen und -strategien repressiv gehandhabten Sexus mindestens ebenso wichtig geworden ist wie die Repression selbst, richtiger, daß die Repression nichts anderes als ein Mittel zur Kontrolle und Kanalisierung des Diskurses sei und daß gerade als Folge davon seit dem achtzehnten Jahrhundert die Analyse und Klassifizierung, die quantitative und kausale Untersuchung sowie Katalogisierung der *später* Sexualität genannten Verhaltensweisen eingesetzt habe. «In der Tat handelte es sich um eine aus nichts als Ausweichmanövern bestehende Wissenschaft, deren Unfähigkeit oder Unwillen, vom Sex selbst zu sprechen, sie dahin führte, sich in erster Linie seinen Verirrungen, Perversionen, Absonderlichkeiten, pathologischen Schwunderscheinungen und krankhaften Übersteigerungen zuzuwenden. Es handelte sich um eine Wissenschaft, die in ihrem Wesen den Imperativen einer Moral verpflichtet war, deren Teilungen sie unter dem Vorzeichen der medizinischen Norm wiederholte.»

«Sie erklärte die heimlichen Gewohnheiten der Schüchternen und die kleinen, einsamen Manien zu Gefahren für die gesamte Gesellschaft und stellte ans Ende der ungewöhnlichen Lüste nichts Geringeres als den Tod: den Tod der Individuen, den der Generationen, den der Spezies.»

Durch den Machtmechanismus, der sich der Mittel des Glaubens und der Wissenschaft bedient, wurde «um den Sex herum ein unübersehbarer Apparat konstruiert, der die Wahrheit produzieren soll – wenn er sie auch im letzten Augenblick verhüllt». Der sich des Glaubens und der Wissenschaft bedienende Machtmechanismus habe den «Sex zum Einsatz im Wahrheitsspiel gemacht».

«In der Kunst der Erotik wird die Wahrheit aus der Lust selber gezogen, sie wird als Praktik begriffen und als Erfahrung gesammelt.» Demgegenüber «(besitzt) unsere Zivilisation, zumindest auf den ersten Blick, keine *ars erotica*. Dafür ist sie freilich die einzige, die eine *scientia sexualis* betreibt.»

Wenn ich mit Foucault sage, daß es sich um neue Verhaltensformen handelt, die jedoch nicht die Mentalität betreffen, sondern die mit ihr zusammenhängenden Verfahrensweisen, so stellte sich nolens volens die Frage, *von welcher Art die alte Mentalität* ist, die unter neue Bedingungen geraten ist und die ich dann unter den neuen Bedingungen nicht nur mit rückwirkender Geltung auf den Namen Sexualität getauft, sondern die ich mit dieser Taufe auch jener Grundeigenschaft beraubt habe, ausschließlich *durch die Wechselbeziehung zweier Menschen* charakterisierbar zu sein, denn mit dem Begriff Sexualität versuche ich über etwas zu sprechen, was *für jeden Menschen seinem Geschlecht entsprechend* kennzeichnend sein müßte. Diesen wesentlichen Unterschied nimmt Foucault nicht wahr.

In der mentalen Kultur sagen wir Sexualität und meinen einmal die Liebe, ein anderes Mal die Funktionen der Sexualorgane. Wenn die Griechen Liebe sagten, so dachten sie an Eros und Aphrodite zugleich. Und das ist wahrhaftig ein großer Unterschied. Die für die Gesamtheit der Menschen charakteristische Möglichkeit der Wechselseitigkeit, die jedoch nur zwischen zwei Menschen verwirklicht werden kann, ist in dem einen Fall an den Sexus, an die Funktionen der Geschlechtsorgane gebunden, in dem anderen an die Funktionstüchtigkeit der seelischen und leiblichen Eigenschaften göttlicher Personen. Wir sprechen von der gleichen Mentalität, doch in dem einen Fall sprechen wir von *etwas* und im anderen von *jemandem*. Mit dem Jemand kann ich reden, das Etwas kann ich untersuchen.

Gemäß der Unterschiedlichkeit dieser beiden Denkweisen bedeutet das *Etwas* das in jedem Identische, *jemand* aber mein Einssein mit dem Universum. Das mythische Denken versetzt die Liebe des

Menschen mitten ins Universum und damit in die Nähe der Ewigkeit, das mentale Denken versetzt sie in die Relation der Gegenseitigkeit, innerhalb deren Wechselseitigkeit nur als Möglichkeit enthalten ist, und setzt sie so mit dem Sterblichen gleich.

Hören wir, auf welche Weise Daphnis und Chloë von dem greisen Philetas über das Wesen der Liebe aufgeklärt werden:

«Ein Gott ist Eros, liebe Kinder, jung und schön und beflügelt; darum freut er sich an der Jugend, stellt dem Schönen nach und leiht den Seelen Flügel.

Seine Macht ist größer als selbst die des Zeus. Er ist Herr der Elemente, Herr der Gestirne, Herr über die Götter, obwohl sie ihm doch an Rang gleichstehen; ihr habt nicht so viel Macht über die Ziegen und die Schafe. Die Blumen alle sind Eros' Werk, die Bäume alle seine Schöpfung; dank ihm strömen die Flüsse, wehen die Winde. Ich sah einmal einen von der Liebe ergriffenen Stier; er brüllte, als wäre er von einer Bremse gestochen. Ich sah einen Bock in Liebe zu einer Ziege entbrannt; er lief ihr überallhin nach. Auch ich war ja einmal jung und in Amaryllis verliebt. Ich dachte weder daran, etwas zu essen, noch nahm ich einen Trunk zu mir, noch fand ich Schlaf. Meine Seele war krank, mein Herz klopfte, mein Leib erschauerte. Ich schrie, als wäre ich geschlagen; ich schwieg, als wäre ich tot; ich ging in die Flüsse, als brennte ich. Ich rief den Pan zu Hilfe – war er ja doch auch in Pitys verliebt –; ich pries Echo, daß sie mir Amaryllis' Namen nachsprach; ich zerbrach die Syringen, weil sie zwar meine Rinder bezauberten, aber mir Amaryllis nicht gewannen. Es gibt eben kein Mittel gegen Eros, weder ein Tränklein, noch was man sonst einnehmen könnte; es hilft auch nichts, wenn man Zaubersprüche hersagt – nur eines frommt: Kuß und Umarmung, und sich nackten Leibes beieinander niederzulegen.»

Und hören wir Eros zu Philetas über sich selbst:

«Mich fangen kaum Habicht und Adler, und wenn es sonst noch einen Vogel geben sollte, der schneller ist als sie. Ich bin in Wahrheit kein Kind, wenn ich auch so aussehe; nein, ich bin älter als Kronos, ja selbst als das Weltall. Ich weiß, daß du in deiner Jugend Blüte auf der Höhe dort die weit auseinandergezogene Rinderherde hütetest, und ich war bei dir, als du, in Amaryllis verliebt, dort unter den Eichen die Syrinx bliesest. Aber du hast mich nicht gesehen, obwohl ich ganz nahe bei dem Mädchen stand. Ich war es, der sie dir gab, und nun hast du schon Kinder, treffliche Rinderhirten und Landleute. Zur Zeit betreue ich Daphnis und Chloë, und wenn ich sie frühmorgens zusammengeführt habe, gehe ich in deinen Garten, freue mich an den Blumen und Bäumen und bade in diesen deinen Quellen. Darum sind die Blumen so schön und die Bäume so prächtig, weil sie von dem Wasser getränkt werden, in dem ich gebadet. Und nun sieh nach, ob dir ein Zweig abgebrochen, eine Frucht geraubt, eine Blume in der Wurzel zertreten, eine Quelle getrübt ist, und lebe wohl; du bist der einzige Mensch, der in hochbegabtem Alter mich so als Kind gesehen hat.»

Damals, als ich mit jenem Freund zum Spaziergang aufgebrochen war, auf dem er mich fragte, wie ich meine Ideen zur himmlischen und irdischen Liebe vorzutragen gedächte, und ich mich nicht enthalten konnte, auf seine erregten Fragen mit der gleichen Erregtheit zu antworten, erzählte ich ihm unter dem blauen Sommerhimmel irgendwas darüber, daß der Unterschied zwischen der von mir geplanten Rede und den von anderen zu hörenden oder zu lesenden höchstens darin bestehen würde, daß ich auf keinen Fall von dem simplen Tatbestand auszugehen gedächte, nach dem die Menschen Frauen und Männer seien, weil ich dann gerade die jedem eigene Persönlichkeit, *wer* in *wen* verliebt ist, aus den Augen verlieren würde; infolgedessen dächte ich vor allem darüber nach, ob es nicht eher so sei, daß es nur den einen Menschen gibt, dieser Mensch besitzt einen Charakter, dieser Charakter besteht aus Eigenschaften, und diese Eigenschaften stehen in einem Zusammenhang; wenn ich nun aber einmal über den Menschen so denke, dann müsse ich mich zwangsläufig gegen die allgemeine Auffassung stellen und würde die Person des Menschen nicht aus seinem Sexus ableiten, sondern seinen Sexus als eine seiner Eigenschaften betrachten. Andererseits wolle ich aber auch die Schwierigkeiten der Rede von der Liebe nicht verschweigen, vielmehr so darüber reden, daß ich dabei von nichts anderem als von der Unmöglichkeit eines solchen Monologs spräche.

Etwas in dieser Art sagte ich, während wir durch Wald und Feld, über Weg und Steg und querfeldein liefen. Aber währenddessen habe ich nicht nur darauf geachtet, ob das, was ich denke, richtig ist, sondern auch die Erregtheit meines Freundes beobachtet, wie er mit feinfühliger Aufmerksamkeit meine Erregtheit verfolgte. Das brachte uns die Möglichkeit des Einblicks, wer der andere ist und mit welchen Eigenschaften, in welcher Weise er zu diesen Gedanken steht, wodurch ich nur noch darin bestärkt wurde, nicht auf der falschen Spur zu sein. In unserer Ekstase gerieten wir auch aneinander, dann mußte mal ich, mal er zurückweichen.

Er konnte kaum abwarten, daß ich einen Satz beendete, schon gab er das Seine dazu: Frage, Hinweis, Widerspruch, Zweifel, Abrede, Behauptung. Und ich konnte kaum abwarten, daß er einen Satz beendete und ich zu dem meinen käme. Wir bewunderten uns gegenseitig und erklärten uns gegenseitig für dumm. Aber je länger wir es drehten und wendeten, um so offenkundiger wurde, daß nicht nur unsere unterschiedlichen Erfahrungen und unser unterschiedliches Wissen sich miteinander maßen (natürlich voller Hoffnung, ein Gleichgewicht zu finden), sondern daß auch zwischen unserer eigenen Erregung und unserer Selbstbeherrschung eine Spannung erwuchs, die ein Gleichgewicht zu finden geradezu unmöglich machte. Denn durch diese Spannung wurde nicht nur die Unterschiedlichkeit unserer Charaktere spürbar, sondern gerade die als Unterschiedlichkeit der Charaktere zum Ausdruck kommenden, völlig andersartigen Emotionen veranschaulichten, warum wir über die gleiche Sache verschieden denken.

Seine Erregtheit beanspruchte meine Beherrschung und umgekehrt; hätte er meine Erregtheit nicht so beherrscht aufgenommen, dann hätte ich keinen einzigen Satz beenden können, ohne sein Wesen zu verletzen. Wir tauschten Gedanken aus, doch in Wahrheit zerfetzten, zertraten und zerfleischten wir die Gedanken und das Wissen des Anderen; wir verwickelten uns in eine nervenzerreißende, schonungslose und erregte Diskussion, doch unserer aufgestachelten Empfindlichkeit bereitete es kein geringes Vergnügen zu beobachten, mit welchem Ausmaß und welcher Qualität an Beherrschung der eine die Erregtheit des anderen aufnahm, anders gesagt, von welcher Qualität und von welchem Ausmaß die Erregung war, die der eine den Gedanken des anderen entgegenbrachte, welche nur dann zu verstehen waren, wenn jeder seine Erregtheit beherrschte.

Durch den Rhythmus von Anspannung und Entspannung, durch Intonation, Gestik und Mimik, durch die dynamischen Formen des Disputs war zu spüren, in welchen emotionalen Kontext der Gedanke eingebettet ist oder aus welchen Eigenschaften er resultiert, und darum mußte in solcher Wechselseitigkeit auch nicht gefragt werden, ob der eine sich ein Bild von sich selbst im anderen machte oder aber welches Bild von sich selbst der eine im anderen hervorrief, denn aus alldem wurde kein Bild, sondern blieb Empfinden. Eben die Empfindung möglicher Wechselseitigkeit. Und dazu brauchten wir uns nicht einmal anzuschauen.

Wir legten fast fünfundzwanzig Kilometer zurück. Wir passierten mehrere kleine Dörfer, Hunde kläfften um unsere Beine, es war inzwischen Abend geworden, hell leuchtender Mondschein, dann Nacht. Die Empfindung wurde *von diesem Bild* begleitet, aber *nicht davon* handelte unser Gespräch.

«Als ich einmal auf Lesbos der Jagd nachging, erblickte ich im Hain der Nymphen das schönste Kunstwerk, das ich je gesehen: ein Bild, die malerische Darstellung einer Liebesgeschichte. Gewiß, auch der Hain war schön, reich an Bäumen, voller Blumen und gut bewässert; eine einzige Quelle speiste alles, Blumen und Bäume. Aber noch beglückender war das Bild und von auserlesener Kunst, es zeigte das Ergehen der Liebenden. Darum kamen auch viele Fremde, seinem Rufe folgend, herbei, die Nymphen im Gebet anzurufen und das Bild zu betrachten. Gebärende Frauen waren darauf zu sehen und andere, die ihre Kinder in saubere Windeln legten; da sah man Kinder ausgesetzt und Tiere, die ihnen Nahrung boten. Man erblickte Hirten, die sich der Kinder annahmen, und junge Leute, die sich in Liebe fanden; Räuber machten einen Streifzug, und Feinde fielen in das Land ein.»

Mit diesen Worten beginnt Longos seine Geschichte von Daphnis und Chloë, und ich möchte nun meine Überlegungen mit seinen Worten schließen:

«Ich sah noch manches andere, und alles kündete von der Liebe, und über meiner Bewunderung ergriff mich das Verlangen, wetteifernd zu dem Bilde eine Erzählung zu verfassen. Ich suchte nach einem Kenner, der das Bild zu deuten verstände, und arbeitete dann vier Bücher aus: ein Geschenk an Eros, die Nymphen und Pan, ein beglückender Schatz für alle Menschen, geeignet, Liebeskranke zu heilen, Betrübte zu trösten; bestimmt, Erinnerungen bei dem zu wecken, der die Liebe genoß, und dem den Weg zu weisen, der sie noch nicht kennengelernt. Denn es ist bestimmt noch niemand der Liebe entronnen, und es wird ihr keiner entgehen, solange es Schönheit gibt und Augen, die sehen. Uns aber möge der Gott der Liebe gewähren, daß wir ohne eigene Anfechtung von anderer Liebe berichten.»

III

REDE VON DER UNMÖGLICHKEIT, VON LIEBE ZU REDEN

«ICH WILL ALSO ZUERST SAGEN, wie ich zu reden gedenke, und dann reden.»

Diesen Satz Platons ziehe ich heran, weil ich schon mit der bloßen Anrede Schwierigkeiten habe. Ich möchte gern sagen, was bei solchen Anlässen zu sagen höflicher Brauch ist, hege aber starke Zweifel, daß man so einfach sagen kann: *Sehr verehrte Damen und Herren.* Spreche ich es, wenn auch zögernd, dennoch aus, dann sind wir wahrlich mittendrin in unserem Thema, und auch die Gründe meines Zögerns sind nicht zu verschweigen. Diese Anrede ist, auch wenn wir nach den Regeln der Rechtschreibung ein Ausrufezeichen ans Ende zu setzen pflegen, kein Ausruf, ja, sie ist nicht einmal eine Aufforderung zu irgend etwas, sondern nur die trockene Feststellung der Tatsache, daß die Angesprochenen Frauen und Männer sind. Was auch sollten sie sonst sein? Wenn sie aber nichts anderes sein können, muß ich mich fragen, kann ich Frauen, höflicher: Damen, dafür, daß sie Frauen sind, verehren? Und Männer, höflicher: Herren, dafür, daß sie Männer sind? Natürlich muß ich die rhetorische Frage mit Nein beantworten, denn aus diesem Grund gebührt gewiß niemandem Ehrerbietung, gibt es doch keine Frau und keinen Mann, die oder der das eigene Geschlecht persönlicher Vortrefflichkeit zu verdanken hätte.

Ehrerbietung aus solcherlei Grund wäre nur angebracht, wenn es nicht nur im Vermögen eines Menschen stünde, etwas anderes zu sein und Besseres zu sein als dasjenige, was er ist, sondern wenn es zudem in irgendeiner Weise für ihn notwendig wäre, anders und besser zu sein. Bestünde eine solche Notwendigkeit, so müßte ich letztlich die Frau verehren, die im Streben nach Vortrefflichkeit Mann, und den Mann, der in dem gleichen Streben Frau geworden ist. Weniger ambitioniert gesagt: die Frau verehren, die mehr Frau als andere Frauen, und den Mann, der mehr Mann als andere Männer ist. So wie ich ja auch Tischler nicht im allgemeinen und nicht insgesamt verehre, sondern ausschließlich diejenigen, die bessere Tische als die anderen machen. Doch wenn es wirklich so wäre und es Menschen gibt, die nicht Frau genug, während andere mehr Mann sind als die übrigen Männer, ist es dann nicht ein Beweis größter Unehrerbietigkeit gegenüber den Vortrefflichen, wenn ich unabhängig von Maß und Grad der Vortrefflichkeit mit meiner Anrede jeden gleichermaßen verehre? Wenn es aber nicht so ist, weil es wirklich keine Frau und keinen Mann gibt, die oder der das eigene Geschlecht persönlicher Vortrefflichkeit verdankte, was soll ich dann mit einer derart allgemeinen und jedem zustehenden Ehrerbietung anfangen?

Bevor wir uns in diesen Fragen noch heillos verheddern, schauen wir uns die Sache von einer anderen Seite etwas näher an.

Die Erfahrung sagt mir, daß niemand, sei er noch so klug, klüger als die Sprache sein kann. Auch der Kluge kann sich irren, er wird allenfalls ein bißchen klüger, wenn er seinen Irrtum einsieht; die Sprache aber irrt nicht. Sicherlich meint sie es auch dann gut, wenn sie mir trotz meines Zögerns eine so allgemein gebräuchliche, wenngleich nicht eben logische Form der Anrede abringt. Allenfalls verstehe ich nicht, was sie von mir will. Ich nenne ein anderes Beispiel. Wenn sich jemand schon einmal in einer heiklen Situation im Leben befunden hat, so weiß er, daß ihm da wirklich «die Haare zu Berge standen», was ihn einem Gefahr witternden Hund überaus ähnlich macht, dem sich «das Fell sträubt». Auf dieser Ebene der Sinneswahrnehmung bin ich mit den Tieren eins, und wenn ich solche Redensarten in den Mund nehme, so spricht aus meiner Sprache diese Erfahrung. Bei unserer Anredeform läßt uns die Sprache die entgegengesetzte Operation vollführen, die, Unterschiede zu setzen. Sie läßt uns weder auf ungarisch noch auf deutsch, noch auf französisch oder englisch sagen: *Verehrte Frauen und Männer*, sondern etwas mehr als das oder zumindest etwas weniger Konkretes.

So als gelte die einander vorab eingeräumte Ehrerbietung der Annahme, wir würden, wenn auch nicht über anderes, so doch über die Möglichkeit einer feinfühligeren Rede über unser Geschlecht verfügen. In dieser Anredeform sind wir nicht länger Weibchen und Männchen aus der Klasse der höheren Säugetiere, auch wenn es durchaus gewisse Situationen der Rede gibt, in denen wir uns gerade mit den entsprechenden Ausdrücken bedenken und an moralisch nicht zu billigende tierische Verhaltensweisen erinnern, sondern wir machen sogar die für die Geschlechtsspezifik unserer Zugehörigkeit zur

Gattung Mensch stehenden Begriffe Frau und Mann vergessen, um uns an die moralischen, sozialen und historischen Bezugssysteme zu erinnern, durch die wir uns wirklich oder vermeintlich von allen anderen Lebewesen unterscheiden, und in diesem Sinn sondern wir uns in der Tat von den anderen, ihr organisches Dasein lebenden Wesen ab.

Es gibt sicher Frauen, die sich wie Weibchen, und Männer, die sich wie Männchen verhalten. Doch wenn ebendiese Frauen und Männer möglicherweise gleichzeitig den moralischen und sozialen Anforderungen entsprechen, die die Vortrefflichkeit der Gattung Mensch garantieren, so gelten sie als Damen und Herren. Sie sind es nicht unbedingt, sondern nur der Möglichkeit nach. Und wir können uns über diese von unseren Altvordern auf uns gekommene Sprachhierarchie nicht nach Gutdünken hinwegsetzen; allenfalls verstehen wir sie oder verstehen sie nicht.

Doch in jedem Fall gebrauchen wir bei dieser feinen Unterscheidung ein Bezugssystem, dessen Elemente zum einen auf die Vorgeschichte, das Dunkel, das Bewußtsein vom Einssein mit den übrigen Lebewesen verweisen, und *das ist der Schimpf*, zum anderen Teil aber auf die folgende Geschichte, die Möglichkeit, das Bewußtsein des Unterschiedenseins von den übrigen Lebewesen, und *das ist das Lob*.

Ich zolle dem Menschen Lob im Hinblick auf seine Möglichkeiten; und ich schimpfe ihn, so er nicht die Absicht verfolgt, seine Möglichkeit einzulösen.

Die in Rede stehende Form der Anrede steht nicht schon von jeher jedem in gleicher Weise zu, sondern erst seitdem wir bezüglich der moralischen, sozialen und historischen Daseinsbedingungen der Gattung Mensch über Selbstreflexion in Form von Rechtsinstitutionen verfügen. Alles in allem seit zweihundert Jahren. Vom Gesichtspunkt dieses relativ neuen Bezugssystems sind alle menschlichen Wesen von Geburt an gleich, weil von allen anderen Lebewesen, die von Geburt an nicht über die Möglichkeit der Selbstreflexion auf die eigene Gattung verfügen, durch ebendiese unterschieden.

Unsere Anredeform kündet bei jeder Gelegenheit feierlich von diesem Bezugssystem, doch das ist sicher nur die eine Seite der Sache. Denn zugleich wahrt diese Form der Anrede in sich das entgegengesetzte Bezugsprinzip, nach dem die Menschen mitnichten gleich sind, da sie sich von Geburt an nicht nur darin voneinander unterscheiden, daß sie Frauen und Männer sind, sondern auch darin, daß es unter ihnen welche gibt, die als Leibeigene als Frau oder Mann geboren werden, und andere, die als Damen und Herren schlechthin auf die Welt kommen.

Daraus folgt also, daß ich, wenn ich bei feierlichen Anlässen jede und jeden als Dame und Herrn anrede, nicht nur jedesmal feierlich das Gleichheitsprinzip verkünde, sondern damit zugleich auch jene hierarchische Vorstellung heraufhole und auf die ganze Welt ausdehne, die früher nur für die Menschengattung Geltung hatte: die Lehnspflicht. Und auf diese Weise wird zur Grundlage eines Bezugssystems, das als Novum gelten darf, ein Begriff vom

Menschen, der, von seinem Geschlecht unabhängig, über alle anderen Wesen und Gattungen gestellt ist, während er innerhalb seiner eigenen Gattung ausschließlich nach seinem Geschlecht klassifiziert wird.

Wenn der Mensch sich selbst in der Welt derart aufs Podest stellt und sich zum Lehnsherrn von bekannten und unbekannten Lebewesen und Dingen, Stoffen und Gebilden aufwirft, erscheint es dringend geboten, ihn nicht nach individueller Vortrefflichkeit zu klassifizieren, sondern *degradiert* auf sein Geschlecht, die einzige physische Gabe, welche die vermeintliche Vortrefflichkeit und Überlegenheit der Gattung durch die bewußte und gelenkte Reproduktion der Population, gleichsam gegen die gesamte übrige Welt, garantiert. Ohne den zum Objekt kultischer Verehrung erhobenen Sexus und ohne die um ihn herum aufgestellten Gesetze, welche nicht allein Verhaltensweisen, sondern auch Denken und Vorstellung rigoros reglementieren, könnte auch die Möglichkeit menschlicher Vortrefflichkeit und Überlegenheit nicht so effektiv und wirksam eingelöst werden, wie wir das seit nunmehr fast zweihundert Jahren zu tun pflegen.

Und ich rede, wenn ich das sage, natürlich von unserer eigenen Kultur; freilich gibt es in dieser Kultur auch noch andersgeartete Bezugssysteme, die in Augenschein zu nehmen durchaus lohnenswert sein kann.

Sage ich zum Beispiel *Athener*, so sind die Grenzen der eigenen Welt auf andere Weise festgelegt. In dieser Anrede kommt ein Menschenverständnis zum Ausdruck, das primär geographischer Natur ist. Da sind als Menschen zwar auch noch die Lesbier, die Spartaner und andere, die unter der Herrschaft und in Kenntnis ähnlicher Götter leben, doch diese mythologische Gemeinschaft hat im geographischen Sinn ihre Grenze, hinter der sich nur Barbaren finden, die eher den Tieren ähneln oder sich in nichts von diesen unterscheiden.

Doch selbst unter denen, die ich aufgrund von Mythenverwandtschaft Mensch nennen kann, gebührt die Anrede Athener nur denen, die berechtigt sind, in der Volksversammlung zu erscheinen, und das sind wiederum nur solche Bürger, die in Athen geboren, nach ihrer Rechtsstellung keine Sklaven, ihrem Geschlecht nach Männer sind, doch auch unter den Männern ausschließlich solche, *die nicht* in unreifem Alter aus materiellen Vorteilen Lustknaben, sondern Geliebte freier Männer nur aus freiem Entschluß waren, und solche, die auch nicht späterhin durch eine maßlose, ausschweifende Lebensweise die Freiheit der Seele verspielt, keine Gewalt gegen ihre Eltern verübt, nicht den Militärdienst verweigert, feige die Schlacht verlassen oder ihr Vermögen vergeudet haben und somit also untadelige, tugendhafte Männer sind.

Grundlage dieses Bezugssystems ist ein Freiheitsbegriff, der durch zwei Prinzipien der Lebensführung garantiert wird. Das eine ist Einsicht, *phronesis*, das andere Mäßigung, *sophrosyne*. Wenn aber jemand, natürlich ein Mann, darüber nicht verfügt in einer Welt, in der der Maßstab für die übernatürlichen Mächte kein anderer als der der natürlichen ist, und nicht dafür sorgt, daß diese Prinzipien auch von denen beherzigt werden, die seinem Schutz befohlen und natürlich Knaben, Frauen und Sklaven sind, wird er eben das verlieren, was von Geburts wegen sein göttliches Eigentum ist, seine Freiheit, und somit kann er nicht mehr als Athener angesprochen werden, darf nicht in die Volksversammlung, auch wenn er in dieser Stadt als freier Mensch und dem Geschlecht nach zufällig als Mann geboren sein sollte.

Das Kriterium des Männlichen ist in diesem Fall weniger physischer denn ästhetischer und ethischer Natur, Folge gegebener und bestärkter Freiheit, was jedoch nicht an die Person gebunden, sondern Teil einer metaphysischen Vorstellung ist. Durch das Wissen von *phronesis* und *sophrosyne* und ihren Gebrauch bestärke ich mich in meinem von den Göttern empfangenen Besitz, meiner Freiheit, und werde auf diese Weise zur wirklichen Person, zum Mann, und ausschließlich auf diese Weise befähigt, den anderen Ratschläge zu erteilen und sie zu führen.

Das erste Gebot, das die Tafeln an den Wänden der Halle des Orakels in Delphi verkünden, sind Selbsterkenntnis und Mäßigung, was wiederum bedeutet, daß es ohne diese keine Welterkenntnis gibt.

Nebenbei sei angemerkt, daß nur in diesem Kontext einer der neuralgischsten Punkte unserer Kultur, die Knabenliebe der Griechen, zu verstehen und zu beurteilen ist. Die Griechen haben nämlich weder an der Liebeslust, *aphrodisia*, noch am Begehren, *eras-*

thenai, oder gar der Liebeshandlung etwas Zustimmungswürdiges oder Verwerfliches gefunden, und nicht einmal am Gegenstand von *aphrodisia* und *erasthenai*, sondern sie suchten Qualität und Erscheinungsform von Begehren und Handeln zu ergründen, beurteilten sie ethisch und ästhetisch in ihrem Verhältnis zum Guten und Schönen und regulierten oder sanktionierten sie gar gemäß der durch Geburt erworbenen Rechtsstellung des Mannes.

Es gibt so dabei «an und für sich weder schön noch schändlich ..., sondern schön behandelt ist es schön, anders aber schändlich. Schändlich nämlich ist es, einem Schlechten und auf schlechte Art gefällig werden; schön aber, einem Guten und auf schöne Art. Und schlecht aber ist ebenjener gemeine Liebhaber, der den Leib mehr liebt als die Seele; wie er auch nicht einmal beständig ist, da er ja keinen beständigen Gegenstand liebt. Denn mit der entfliehenden Blüte des Leibes, den er liebte, verschwindet auch er und flattert davon, viele Reden und Versprechungen zuschanden machend. Der Liebhaber eines Gemüts aber, welches gut ist, bleibt zeitlebens, denn mit dem Bleibenden hat er sich verschmolzen» – sagt wenigstens Platon.

Sage ich hingegen: *Liebe Brüder*, so ist für diese Anrede von keinerlei Bedeutung, ob einer Spartaner oder aus Jerusalem gebürtig ist, und ebenso hebt sich darin die Bedeutung von Sexus und Judizium auf, wie auch das Wort Brüder an sich etwas mehr oder etwas weniger auf der Hand Liegendes bezeichnen muß, als es der Form nach bedeuten kann, da auch jene Blutsbande, die eigentlich damit bezeichnet werden, keine Gültigkeit mehr haben.

Der Apostel Paulus drückt das in seinem Brief an die Galater folgendermaßen aus: «Hier ist kein Jude noch Grieche, hier ist kein Knecht noch Freier, hier ist kein Mann noch Weib; denn Ihr seid allzumal Einer in Christo Jesu.» Mit dieser Anrede wird nach einer Gottheit gesucht, von der alles andere abgeleitet werden kann, ob belebt oder unbelebt, ob Leib oder Seele oder Logos; eine Gottheit, aus der sich Empfinden und Wissen meines brüderlichen Einsseins mit dem anderen, mit jedem, mit allem und allen herleiten läßt. Gemessen daran kommt meiner eigenen Herkunft und Rechtsstellung, meinem eigenen Geschlecht und Besitz oder gar meinem eigenen Körper nur so viel Bedeutung zu, wie sie nach Maßgabe der gesuchten Gottheit haben können.

Die Anrede und die Aussage, die sich aus ihr ergibt, heißt also in Wahrheit: Nichts, was zu sein scheint, ist wirklich, alles existiert nur in der einzig wirklichen Gestalt.

Alle Liebe hat sich auf diese wirkliche Gestalt zu richten, so wie die Heiligen des Mittelalters denn ja auch, ihres Geschlechts ungeachtet, ihrer Liebe zu jener wirklichen Gestalt, zu Jesus Christus, hemmungslos Ausdruck gaben. Daraus wiederum folgt notwendigerweise, daß die Liebe auch dann, wenn sie nicht darauf gerichtet ist, sondern sich eine scheinbare Gestalt erwählt, in allen ihren Gesten und gedanklichen Regungen nach Maßgabe dieser wirklichen Gestalt der Kontrolle unterliegt.

Aus alldem wird vielleicht ersichtlich, warum ich noch immer darüber rede, wie ich zu reden gedenke.

Was die Art und Weise unseres Denkens angeht, so sind wir vielfältig in dieser unserer einen Kultur. Spreche ich nun zum Beispiel das Wort *Liebe*, das Gegenstand unseres Diskurses sein soll, von neuem aus, so werden darunter gewiß diejenigen etwas anderes verstehen, denen dabei nicht bloß die persönliche Erfahrung in den Sinn kommt, die mit diesem Wort verbunden ist, sondern die zugleich auch an Eigenschaften, Taten und das Verhältnis von wenigstens zwei göttlichen Gestalten denken müssen, von Aphrodite und Eros; etwas anderes diejenigen, die sich in ihrer Gottsuche im Zeichen von Brüderlichkeit einander nähern und das Wort Christi zum Maßstab für Art und Weise der Annäherung wählen; und wiederum etwas anderes jene Damen und Herren, die ineinander eher ihre der Zukunft anvertraute Möglichkeit verehren, in Wahrheit aber von sich selbst nicht mehr wissen, als daß sie Frauen und Männer sind.

Diese grundverschiedenen Auffassungen vom Menschen miteinander in Einklang zu bringen fällt schon einem einzigen Kopf schwer. Noch schwerer ist es, sie mit anderen in Einklang zu bringen. Fraglich ist zudem, ob sie überhaupt miteinander in Einklang gebracht werden können. Und noch fraglicher, ob sie überhaupt in Einklang gebracht werden müssen.

Als man uns die drei aus unterschiedlichen Quellen stammenden universellen Begriffe der europäischen Kultur: *liberté*, *égalité*, *fraternité* vor nunmehr zweihundert Jahren an die Tafel schrieb, da wurde in Vorahnung auf den möglichen Ausgang des Versuchs, sie miteinander in Einklang zu bringen, etwas hinzugefügt, das wir nur zu gern vergessen: *ou la mort*. Ich erinnere deshalb gern an das Vergessene, weil, gleichgültig, ob dieser historische Aufruf richtig ist oder falsch, zumindest soviel sicher ist: Wenn wir schon im Kontext einer einzigen Kultur über einen einzigen Begriff zur selben Zeit vollkommen unterschiedlich denken können, dann wird, je eifriger der Versuch, diese Begriffe miteinander in Einklang zu bringen, um so offenkundiger, daß wir nicht nur einander nicht verstehen können, sondern auch außerstande sind, diese drei universellen Begriffe miteinander in einen akzeptablen Bezug zu setzen; bestenfalls können wir zur Kenntnis nehmen, daß eine ehrgeizige Kultur zusammengebrochen ist.

Wenn ich mich nun dennoch darum bemühe, daß wir einander verstehen, so muß ich bei diesen großen Fragen unserer Kultur mit weiteren Schwierigkeiten rechnen. Gehen wir sie schön der Reihe nach durch.

Ich könnte kühn gestehen, «nichts als Liebessachen zu verstehen». Wenn ich diese Aussage aber in der Öffentlichkeit, sagen wir, in einem Vorlesungssaal machte, so würde es gewiß Zuhörer geben, die die Glaubwürdigkeit meiner Worte in Zweifel zögen, andere, die mein ernstes Geständnis belustigend fänden, während wieder andere sich darüber entrüsteten, ja mich geradezu für schamlos halten würden. Doch wenn bei meinen Worten jemand beschämt die Augen niederschlagen oder sich das Lachen verkneifen müßte, wie könnte er dann darauf achten, was ich von dem weiß, wovon ich etwas verstehe, und wenn ich nichts anderes verstehe, was dann das ist, was ich nicht weiß?

Als Sokrates diesen Satz aussprach, wandte er sich mit dem Geständnis bei einem Gastmahl an seine Freunde. Und wir dürfen weder den Umstand übersehen, daß er bei Agathon, einem der prächtigsten Jünglinge Athens, liegt noch daß die Anwesenden, nicht minder verdienstvolle Männer, alle wissen, in wen Sokrates verliebt ist, wie sie auch wissen, wer in Sokrates verliebt ist. Sie stehen einander ebenso nahe wie der Wissenschaft, auf Armeslänge. Sie können Fragen stellen, Einwände vorbringen, sie kennen Gedankengang und Wortwahl des anderen und bleiben deshalb, ganz gleich, wie langatmig und umständlich sie ihre Wissenschaft von der Liebe auch vortragen werden, in jedem Fall in einer Redesituation, die *Dialog* ist.

Ihre Frage ist nicht nur, was die Liebe ist, davon berührt ist vielmehr zugleich die Frage, welchen Wert für einen jeden von ihnen diese Sache besitzt, deren Wesen im Dialog miteinander bestimmt werden soll. In der verbindlichen Situation der persönlichen Bekanntschaft streben sie nach Welterkenntnis, für welche die Gewähr eine durch andere kontrollierte Selbsterkenntnis ist. In einer solchen Gesprächssituation können Persönliches und Wissenschaftliches nicht gänzlich verschiedener Prägung sein, ihre Sprachen voneinander nicht getrennt. Als Alkibiades, schwer berauscht, sich mit der Frage an Eryximachos wendet, ob dieser nicht meine, daß von all dem, was Sokrates gerade über die Liebe gesagt hat, genau das Gegenteil wahr sei, so berührt diese Frage nicht minder die persönliche Glaubwürdigkeit der Worte des Sokrates, als sie deren wissenschaftliche Glaubwürdigkeit betrifft, denn alles, was die beiden sagen, wird von den anderen auch unter dem Aspekt bewertet, daß sie *beide* ineinander verliebt sind.

Heute ist ein wissenschaftlich gültiges und zugleich persönliches Geständnis dieser Art unmöglich. Und wenn ich die persönliche Glaubwürdigkeit eines Menschen in Zweifel ziehe, berührt das noch längst nicht die wissenschaftliche Glaubwürdigkeit seiner Worte und umgekehrt. Das Modell unserer persönlichen Geständnisse ist die Beichte. Und es wäre unsinnig, die Worte eines Menschen, der seine Sünden, Verfehlungen und Verirrungen gesteht, mit wissenschaftlichen Methoden auf ihre Glaubwürdigkeit hin prüfen zu wollen oder in Zweifel zu ziehen, wird von ihm doch durch die Geste der Beichte die Gültigkeit jener allgemein akzeptierten Wahrheiten und Normen anerkannt, in deren Sinn er gerade spricht und gegen die vergangen zu haben er sich gerade bekennt. Wir dürfen auch nicht vergessen, daß diese spezielle Form des Geständnisses nicht schon seit aller Ewigkeit üblich ist. Gegenstand und Methode der Beichte sind vom Tridentiner Konzil bis ins Feinste, man könnte sagen, Hauchfeine überarbeitet worden, mit dem Ziel, nicht nur das individuelle Denken und die Vorstellungskraft in allen ihren Erscheinungsformen und Äußerungen kontrollierbar zu machen, sondern zugleich all das, was jeder Christ als Sünde oder als sündhafte Regung bekennen muß, mit der rituellen Stille tiefsten Schweigens umgeben zu können. So erlangte eine bis dahin in geschlossenem Kreis praktizierte Lebenstechnik, die asketische, klösterliche Tradition, den denkbar breitesten Wirkungskreis und wurde in den folgenden Jahrhunderten auf diese Weise zur allgemein akzeptierten und abverlangten Regel oder zumindest zu einem die Art und Weise der Orientierung bestimmenden Ideal. Und unabhängig davon, ob wir diese Technik des Geständnisses zusammen mit einer für diesen Zweck bestimmten und der Schweigepflicht unterliegenden, uns aber keineswegs gleichgestellten Person praktizieren oder in Form eines ständigen inneren Dialogs, bei dem uns gar nicht in den Sinn kommt, daß wir in Wahrheit zu einer über uns stehenden imaginären Person sprechen, haben sich bis auf den heutigen Tag weder die einst dazu ernannten heiklen Gegenstände noch die feinen Techniken des Geständnisses verändert.

Auf der Grundlage desselben Regelwerks der Lebensführung hat sich die Sprache der Wissenschaften entwickelt. Da das Muster wissenschaftlicher Aussage eine der Elemente des Persönlichen beraubte beziehungsweise dieser von vornherein ermangelnde Welterkenntnis ist, die persönliches Wissen nach Maßgabe der gesuchten Gottheit zur Geltung bringt, ist es auch nicht notwendig, daß sie ihre Behauptungen dem Prüfstein der Selbsterkenntnis aussetzt. Dementsprechend stehen mir heute für die Rede von der Liebe zweierlei Arten von Sprache zur Verfügung: die Sprache des persönlichen Geständnisses, so ich nach allgemein akzeptierten Normen der Welterkenntnis über mich rede, und die Sprache einer Wissenschaft, die nichts von ihrem persönlichen Verhältnis zum eigenen Gegenstand transportieren darf, ja, sich beim Verdacht, sie sei von dem, worüber sie spricht, wirklich und persönlich betroffen, sogar entschuldigen muß, da sie ja auf einer von der Person und Persönlichem losgelösten Welterkenntnis zu beruhen hat.

Diesen Zwang zur Wahl einer Sprache würde ich als die *praktische* Schwierigkeit der Rede von der Liebe bezeichnen. Denn in dem Moment, wo wir die Rede von der Liebe aus der Situation des Dialogs herauslösen, können wir eben darüber, worüber wir reden möchten, nichts mehr sagen.

Seit dem heiligen Augustinus hat die Philosophie denn auch über die Liebe nichts mehr zu sagen gehabt. Soweit, daß sie schließlich selbst das Wort aus ihrem Sprachschatz verbannen mußte. Es kam höchstens in der Lehre von Gott als Metapher vor, womit die anderen Bedeutungen des Wortes getilgt wurden. Roland Barthes geht sogar so weit zu behaupten, daß das grübelnde Sinnen über die Liebe, das Selbstgespräch und das Gespräch, heute von den das Thema berührenden Sprachen «vollständig im Stich gelassen», entwertet, der Lächerlichkeit preisgegeben oder gar ignoriert und nicht nur von der Macht, sondern auch von ihren Mechanismen, der Technik, den Wissenschaften und den Künsten isoliert und so aus dem «Herdenbewußtsein» heraus in die extremste, von niemand und nichts geschützte Einsamkeit vertrieben und dort sich selbst überlassen werde.

Michel Foucault kommt zu einem ähnlichen Ergebnis, wenn er aus einer eher soziologischen als sprachphilosophischen Sicht sagt, daß wir über die Liebe in drei voneinander scharf abgrenzbaren, sich gegeneinander verschließenden Sprachen reden. In der Sprache des *Obszönen*, in der Sprache der *Klinik* und in der Sprache der *Symbole*. Die erstere befaßt sich ausschließlich mit den Techniken und der Mechanik des Liebesakts, und also ist ihr einziger Gegenstand das Genitale. Die zweite bewertet das Liebestun nach den Kriterien von Krankheit und Gesundheit, Normalität und Abnormalität und zeichnet so eine Pathologie, die mangels einer einheitlichen Naturphilosophie nicht zu bestimmen vermag, was natürlich und was unnatürlich ist, also gerade jene Norm nicht festzulegen imstande ist, auf die eine Pathologie sich gründen müßte. Die dritte Sprache hingegen verweist auf archaische und kultische Inhalte und Rituale, denen jedoch in der Lebensführung keine Praxis entspricht, und ist folglich im Diskurs über die Liebe nicht nachprüfbar.

Ich selbst würde unabhängig von den genannten Autoren sagen, daß die Alltagssprache für sich, sofern sie über die Liebe sprechen muß, neben der Sprache der Selbsterkenntnis und der Wissenschaftssprache zweierlei Arten der Rede findet. Die eine ist die magische, die geheime, die Sprache der Nacht, die andere ist die soziale, die öffentliche, die Sprache des Tages, und wer die eine spricht, versteht zwar auch die andere, vermag aber die eine nicht in die andere zu übersetzen. Denn der Liebesakt selbst versteht einzig und allein die magische Sprache, während die daran beteiligten Personen das Miteinanderreden allein in der Sprache der sozialen Sphäre erlernt haben. Diese Behauptung kann jeder leicht nachprüfen, indem er versucht, nach dem Liebesakt mit der/dem Geliebten darüber, was zwischen ihnen geschehen ist, zu reden. Er wird dafür keine Worte finden, da das, was geschehen ist, nichts weiter ist als das pure Ritual. Oder findet er Worte, werden diese sich auf die Technik des Liebesakts und nicht auf die andere Person beziehen.

Aus diesen Erwägungen folgt nun zwingend, daß ich all das, was die mit diesem Themenkreis befaßte Psychologie, die Pathologie, die Soziologie oder die sogenannte Sexologie zu sagen haben, wegen ihrer von Grund auf falschen Ausgangspunkte und Methoden aufs entschiedenste ablehnen muß. Des weiteren behaupte ich, daß wir uns, ganz gleich, in welcher von uns gewählten Sprache wir über die Liebe reden, mit uns selbst in den aussichtslosesten *Kultur*streit verwickeln. Wer versucht, in der Sprache wissenschaftlicher Welterkenntnis zu reden, der muß sich nicht nur nach Normen richten, die er selbst nicht zu begründen vermag, sondern auch auf Selbsterkenntnis verzichten; wer hingegen bestrebt ist, die Sprache der Selbsterkenntnis zu sprechen, muß damit rechnen, daß er sich außerhalb der allgemein akzeptierten Normen wiederfindet und sich daher mit dem anderen gar nicht verständigen kann; wer sich schließlich auf die Umgangssprache der Techniken des Liebesakts beschränkt, vermag nicht in eine Situation des Dialogs mit dem zu treten, mit dem er darüber ein Wort zu wechseln beabsichtigt.

Ich bin mir völlig darüber im klaren, von was für weitreichenden Konsequenzen derart schwerwiegende Behauptungen sind. Trotzdem muß ich sagen, daß ich, sofern ich in dieser Kultur überhaupt die Notwendigkeit verspüre, über die Liebe zu reden, auf der Sprache der Selbsterkenntnis bestehen und all die beliebten Standardbegriffe der besagten Wissenschaften aus meinem Sprachschatz verweisen muß, denn ich muß zumindest die Redesituation des Dialogs anstreben, in der ich deshalb dieselbe Sprache wie der andere spreche, weil mir die Fähigkeit, mit mir selbst zu sprechen, nur über den anderen zukommt.

Im Sprachschatz der Selbsterkenntnis vermag der Standardbegriff der neuzeitlichen Wissenschaften, die Sexualität, keinen festen Platz einzunehmen, und damit fallen auch die ihm untergeordneten Begriffe Heterosexualität und Homosexualität als völlig sinnlos weg. Diese Worte werde ich höchstens dann in den Mund nehmen, wenn ich beweisen will, wie sinnlos sie sind. Im Hinblick auf die Sprache der Selbsterkenntnis sind diese Begriffe nämlich allenfalls dazu gut, die Selbstschutzapparate der auf die Gleichheitsidee gebauten Massengesellschaften in die Lage zu setzen, die freiwillige Reproduktion einer der Selbsterkenntnis gänzlich beraubten Population durch Rechtsmittel und Polizei kontrollieren und unter Berufung auf ältere ethische Prinzipien uneingeschränkt lenken zu können.

Wir wollen ihn uns trotzdem etwas näher anschauen, bevor wir ihn über Bord werfen. Der Begriff Sexualität ist relativ neuen Datums. Sein zeitlicher Ursprung liegt am Anfang des neunzehnten Jahrhunderts, in der Epoche der sich auf die Gleichheitsidee gründenden bürgerlichen Emanzipation, und der Ort seiner Herkunft in jenem Grenzgebiet der Wissenschaften, wo Jurisdiktion und Medizin unter der strengen Aufsicht viktorianischer Sittengesetze aufeinandertreffen. Es kann keineswegs als Zufall bezeichnet werden, daß der Begriff zuerst in der Sprache der forensischen Medizin auftaucht, um dann von dort in die anderen Wissenschaften einzusickern.

Wir dürfen aber auch nicht vergessen, daß es äußerst schwer ist, zu diesem Sammelbegriff, den wir heutzutage ohne weiter nachzudenken gebrauchen, auch nur Analogien oder Synonymbegriffe in der Kultur der Griechen oder Römer zu finden, bei denen nämlich menschliche *aphrodisia* und *erasthenai* als zugleich göttliche Eigenschaften und Taten das Physische transzendieren; richtiger: wer von der Liebeslust des Menschen sprach, kam nicht umhin, von Aphrodite zu sprechen, sei sie himmlisch, *aphrodite urania*, also zwischen Gleichgeschlechtlichen, oder *aphrodite pandemos*, das heißt gewöhnlich, irdisch, zwischen Verschiedengeschlechtlichen, und wer vom Liebesakt des Menschen sprach, über dessen Schönheit oder Häßlichkeit, kam nicht umhin, von der Schönheit oder der Häßlichkeit von Eros zu sprechen, und so sprach man also stets von beidem zugleich.

Das christliche Verständnis von der Liebe ist dem völlig entgegengesetzt, es glaubt, zu der alles Scheinbare in sich vereinenden wirklichen Gestalt der gesuchten Gottheit dadurch zu gelangen, daß es das Vergängliche, die sterbliche Hülle, den Leib für scheinhaft erklärt und all jene Erscheinungsformen der Liebeslust und des Liebesakts, die nicht auf diese wirkliche und unsterbliche Gestalt oder auf Unsterblichkeit durch die bloße Erhaltung der Kontinuität menschlicher Existenz gerichtet sind, nach dem Maßstab des mosaischen Sündenbegriffs beurteilt. Auf diese Weise erlangt der Begriff «Fleisch» in der christlichen Kultur des Spätmittelalters zentrale Bedeutung, und in der frühneuzeitlichen christlichen Epistemologie der Begriff «Leib», welcher mit dem Seelenlosen, dem der Sünde schlechthin überantworteten Organismus gleichgesetzt wird. Wir können bei diesen christlichen Begriffen nicht mehr wie bei den Kulturen der Antike vom Dualismus von Körper und Seele, dem Dualismus von Sterblichem und Ewigem sprechen, sondern die Begriffe verfestigen sich zu eigenständigen Prinzipien, obwohl der Mensch seinem Geschlecht noch bei weitem nicht in dem Maße untergeordnet ist, wie es das postchristliche Denken haben will, denn die gemeinsame Seele in der gesuchten Gottheit muß von jedem Menschen unabhängig von seinem Geschlecht gefunden werden, und so sprechen wir von der gegenüber allem nur scheinhaft Existierenden wirklichen Existenz des Vaters in Jesus Christus.

Der postchristliche Begriff von Sexualität separiert die Seele gleichfalls, und Fürsorge und Verfügungsgewalt über sie werden in ähnlicher Weise einem anderen übertragen. Freilich nicht dem Vater, sondern dem die Normen durch ein Rechtssystem vertretenden Staat, und nicht dem zwischen Göttern und Menschen vermittelnden Priester, sondern dem Seelenkundler, der darüber, wo die Grenze zwischen Normalem und Abnormalem verläuft, was natürlich und was unnatürlich ist, offenkundige wissenschaftliche Erkenntnisse besitzt und über ausgefeilte Methoden verfügt, um den Normen bei denen Geltung zu verschaffen, die von ihnen abweichen. Ein solches Denken kann nicht anders, als sich an die alleroffenkundigsten physischen Gegebenheiten zu halten und Normen für Liebeslust und Liebeshandlung an den Sexus, das Geschlecht zu binden. Für die menschliche Gattung als Ganzes gesehen sind die Folgen verheerend. Denn wenn ich Normen für Liebeslust und Liebesakt an die sich im Sexus manifestierenden physischen Gegebenheiten binde, dann habe ich darauf verzichtet, von der Seele überhaupt erst zu sprechen, richtiger, ich müßte anfangen, dann auch von ihr so zu sprechen, als hätte sie erwiesenermaßen ein Geschlecht. Doch wenn ich annehme, daß auch die Seele ein Geschlecht hat, es gäbe also, sagen wir, eine zarte weibliche und eine derbe männliche Seele, welcher Unterschied ist dann noch zwischen Seele und Körper zu machen? Mit dem Begriff Sexualität erhalte ich einen Seelenbegriff, über den für sich zu sprechen gar nicht lohnt, beziehungsweise über den zu reden ich jenen überlassen kann, die über meine Geschlechtlichkeit wissenschaftlich Bescheid wissen und über sie wachen. Dieser Wissenschaft läßt sich Untüchtigkeit allerdings wahrlich nicht nachsagen, befreit sie doch Frauen und Männer von der drükkenden Last des Verbots der ehedem als Sünde geltenden Liebeshandlungen, die auf Lust zielen, in dem Maße, wie sie sich bereit finden, das für die Geschlechter mittels Machtmechanismen aufgestellte Normensystem zu akzeptieren.

Mit alldem möchte ich lediglich sagen, daß im Begriff Sexualität weder nach Sinn noch nach Gestalt des Wortes die Seele mitgemeint, ja nicht einmal ein Hinweis auf sie enthalten ist, und so kann Sexualität für eine auf Selbsterkenntnis gründende Auffassung vom Menschen nicht nur kein Analogie- oder Synonymbegriff für Liebe sein, sondern noch nicht einmal einen Teilaspekt von ihr darstellen. Wenn ich in der Liebe wirklich so durch mein Geschlecht determiniert wäre, wie der Begriff Sexualität unterstellt, so würde ich mich einerseits in nichts vom Tier unterscheiden, könnte also nicht verliebt sein, denn ich brauchte dem Umstand, daß es Menschen gibt, die schön sind, und solche, die häßlich sind, solche, die in meinen Augen gut, und solche, die in meinen Augen schlecht sind, keinerlei Bedeutung beizumessen, andererseits könnte ich Beziehungen ausschließlich mit Personen meines eigenen Geschlechts oder aber ausschließlich mit solchen des anderen Geschlechts eingehen, obgleich ein jeder empfinden wird, daß sich weder von dem einen noch vom anderen ausschließliche Geltung behaupten läßt. Der Begriff Sexualität gibt gerade auf die Frage keine Antwort, warum jemand gerade in diesen und nicht in einen anderen Menschen verliebt ist. Der Begriff Sexualität faßt die Liebe als einen Dialog der Geschlechter auf, dabei ist die Liebe nicht nur kein Dialog der Geschlechter, sondern nicht einmal einer der Leiber. Demgemäß ist der Begriff Sexualität dialogunfähig, und jeder, der ihn gebraucht, bringt sich selber freiwillig und unbewußt in Dialogunfähigkeit mit der Welt.

Um mit Wittgenstein zu reden: «Der Philosoph behandelt eine Frage wie eine Krankheit.» Etwas anderes bleibt auch mir nicht übrig, weshalb ich zu meiner Schande und größtem Bedauern noch immer darüber reden muß, wie ich über die Liebe zu reden gedenke. Zu diesem Zweck muß ich noch zweierlei Schwierigkeiten erwähnen.

Eine *besondere* Schwierigkeit der Rede von der Liebe ergibt sich aus der politischen Zweiteilung der postchristlichen Gesellschaften und der daraus resultierenden, mittlerweile beträchtlichen und reichlich verfestigten Unterschiede der Lebenstechniken. Ich denke dabei daran, daß diejenigen, die die großen Emanzipations- und Integrationsbewegungen der europäischen beziehungsweise europäisch geprägten Gesellschaften unter den Prämissen rechtlich garantierter persönlicher Freiheit durchlebt haben, in einer anderen Sprache oder zumindest in einem anderen Jargon von der Liebe reden als diejenigen, die infolge des Mangels rechtlicher Garantien für persönliche Freiheit diese, die gesamte Lebenskultur durchdringenden geistigen Bewegungen bestenfalls als Zuschauer miterleben durften. Ich denke an die miteinander verflochtenen, für die Gleichheit der Geschlechter und die Integration der Seele streitenden Bewegungen – den Freudianismus, den Feminismus und die Bewegung der *gay liberation.* Wiewohl eine Analyse dieser Bewegungen dringend geboten wäre, würde sie von unseren Überlegungen hier zu weit wegführen.

Jeder wird hingegen aufgrund eigener Erfahrungen so viel mit Sicherheit feststellen können, daß die

Menschen, welche über das Vokabular der Selbstanalyse verfügen, da es in aller Munde ist, und so auch über Bezugssysteme, mit deren Hilfe sie ihre jeweilige Position sowohl gegenüber dem eigenen Geschlecht wie gegenüber dem anderen bestimmen können, daß diese also auf andere Weise Frauen und Männer sind als jene, die durch das Fehlen rechtlicher Garantien für die Freiheit der Person in den Zustand passiver Resistenz und folglich zu einer virtuellen Gemeinschaft gezwungen sind, in der die Grenzen der Persönlichkeit aufgehoben oder verwischt sind, und die so mit der Frage der Selbsterkenntnis gar nicht konfrontiert werden, und das nicht nur deshalb, weil sie die Techniken der Analyse der separierten Seele nicht kennen, sondern vor allem deshalb, weil sie sich selbst in erster Linie nach den Prämissen dieser virtuellen Gemeinschaft bewerten müssen und ihr Verhalten und ihre Lebensführung hinsichtlich der eigenen Persönlichkeit infolgedessen eher von reproduktivem als von produktivem Charakter sind.

Ein(e) Liebende(r), dessen/deren Lebenstechnik auf das bloße Überleben, die krampfhafte Aufrechterhaltung der Kontinuität menschlichen Lebens im Rahmen einer permanenten Freiheitsbestrebung mit zweifelhaftem Ausgang gerichtet ist, wird die/den Geliebte(n) nicht nur anders umarmen, über andere Dinge und auf andere Weise mit ihr/ihm reden, sondern sie/ihn von vornherein anders anblicken als eine(r), der/die meint, das eigene Leben selbständig und von den anderen nur in juristischer Hinsicht abhängig gestalten zu können. Diese beiden Arten von Menschen werden sich wegen der unterschiedlichen

Begriffe, die sie vom Individuellen und dem Verhältnis zwischen den Individuen haben, niemals verständigen können, wenngleich sie in der Überzeugung leben, sich innerhalb derselben Kultur zu bewegen.

Diese besondere Schwierigkeit führt uns schließlich zu unserem Ausgangspunkt zurück. Mit dem Modus der Anrede lege ich zugleich die Qualität des Diskurses fest, was ich wiederum als *allgemeine* Schwierigkeit der Rede von der Liebe bezeichnen möchte, denn mit dem Modus der Rede knüpfe ich an kulturelle, gesellschaftliche oder historische Bedingungen an, und es ist keineswegs sicher, ob im Rahmen der durch sie vermittelten Normen überhaupt noch von Liebe gesprochen werden kann.

Wenn ich mit der denkbar größten Schwierigkeit konfrontiert werde, muß ich mir die denkbar einfachste Frage stellen.

Kann ich einen Menschen sehen oder ist mir niemals möglich, derartiges zu sehen, weil ich, wenn ich jemandem gegenüberstehe, ausschließlich Frau oder ausschließlich Mann vor mir sehe.

Das ist eine Frage, die sich ebensogut umkehren läßt, und dann lautet sie: Gibt es überhaupt etwas wie Geschlechter, oder aber gibt es nur den einen Menschen, dieser Mensch besitzt einen Charakter, dieser Charakter besteht aus Eigenschaften, diese Eigenschaften bilden einen Systemzusammenhang und nach unterschiedlichen Gesichtspunkten aufstellbare Hierarchien, und dann ist der Sexus lediglich ein einzelnes Element dieses Systems.

Ich wäre dafür, das letztere als richtig anzunehmen, obschon die postchristliche Wissenschaftlichkeit und die nicht minder hochgeschätzte öffentliche Meinung zu der Auffassung neigen, daß ich die Augen noch so sehr aufreißen kann und doch nur Frauen und Männer sehe und Menschen höchstens dann einmal, wenn die Zivilisation durch einen evolutionären Prozeß an der Endstation Transzendenz anlangt und sich selbst erfüllt hat. Mag sein. Ich allerdings werde auch bis dahin den Ort des Schönen und des Häßlichen, des Guten und des Schlechten suchen, den Ort all dessen, womit die Liebe befaßt ist, und diesen Ort kann ich nur im Wesen, im Charakter eines Menschen, im Dialog von Charaktereigenschaften mit Charaktereigenschaften und keinesfalls im Sexus des Menschen finden. Nicht nach Maßgabe seines Geschlechts spreche ich von seinem Charakter, sondern nach Maßgabe seines Charakters spreche ich von seinem Geschlecht.

Um zu veranschaulichen, wie weit wir uns mit unserer Auffassung vom Menschen von einem solchen Menschenbild entfernt haben, genügt es, an die Resultate von Galen, dem römischen Arzt griechischer Herkunft, zu erinnern. Er war der Meinung, daß der Unterschied zwischen dem Sexus des Mannes und dem der Frau lediglich darin bestehe, daß dieselben Organe bei dem einen nach außen und bei der anderen nach innen gekehrt seien. Der postchristlichen Wissenschaftlichkeit mag ein solches Untersuchungsergebnis überaus naiv erscheinen, denn sie ist, ob als Pathologie, Psychologie, Sexologie oder Sexualsoziologie, gerade darauf aus, die in den physischen Formen manifesten, meßbaren und analysierbaren Unterschiede bis ins hypothetisch Unendliche zu spezifizieren.

Das ist der Punkt, wo das Denken, das sich mit der Liebe befaßt, das der Selbsterkenntis beraubte Wissenschaftsdenken am Kragen fassen müßte. Wenn sich nämlich die physischen Unterschiede zwischen den Geschlechtern im Prinzip bis ins Unendliche spezifizieren lassen, so sind wir wieder da, wo Galen begonnen hat. Bei einem Bild vom Menschen, wo der scheinbare, sich in der Dualität manifestierende physische Unterschied auf das eine und untrennbare Ganze verweist.

Zur Verteidigung meiner Auffassung vom Menschen kann ich noch das Folgende anführen; und nun rede ich über die Liebe.

Platon befaßt sich in seinem Dialog über die Gesetze sehr ausführlich mit jener allgemeinen und bis heute geltenden Erfahrung, daß es sich das Schöne, Weise und Angenehme nicht aussucht, auf wen es seine Wirkung tut, und auch nicht, auf wen es sich richtet. Damit die Menschen aber in geordneten Verhältnissen miteinander leben können, sei es nötig, daß man ihnen sage, wann und auf wen das Schöne, Weise und Angenehme seine Wirkung tun dürfe, und ebenso bedürfe es der Regelung, auf wen es sich unter welchen Umständen nicht richten dürfe.

Die Liebe ist nach dieser Auffassung nichts anderes als eine vom Sensus auf den Sexus ausgeübte Wirkung, ein Verhältnis, in dem der Sexus der Abhängige ist. Wird das Gesetz dazwischengeschaltet, kommen beide in größte Verwirrung. Und je notwendiger das Gesetz erscheint, um so größer die Verwirrung. Nach dem platonischen Prinzip untersteht allein die den Sinnen gemäße Wahl universellen Naturgesetzen, alles übrige ist lediglich der Versuch einer Befriedung mit ebendiesen. Wäre das nicht so, dürfte niemals jemand den eigenen Vater oder die eigene Mutter, die eigene Schwester oder den eigenen Bruder als schön, klug oder angenehm ansehen. Allerdings auch nicht als abstoßend.

Man könnte vielleicht sagen, daß die von den durchs Bewußtsein kontrollierten Sinnen getroffene Wahl den menschlichen Gesetzen untersteht, was in jedem Fall eine Abgrenzung und ein Sichabgrenzen gegen alle die Dinge und Wirkungen bedeutet, die ausschließlich der Geltung universeller Naturgesetze unterliegen.

Demgemäß müssen wir jedoch, um ein besonders extremes Beispiel kulturellen Verbots zu nennen, nicht den Inzest, sondern daß wir ihn uns versagen, als widernatürlich ansehen. Nicht, daß wir in die eigene schöne, kluge Mutter oder Schwester, den eigenen schönen, klugen Vater oder Bruder, nicht, daß wir in die eigene Tochter oder den Sohn verliebt sind, in die wir nach menschlichen Gesetzen nicht verliebt sein dürften, müssen wir widernatürlich nennen, sondern daß wir, wenn sie schön und gut sind, trotzdem zu behaupten wagen, wir seien nicht in sie verliebt. So als würden wir behaupten, wir hätten keine Augen und unsere Ohren seien von Geburt an mit Blei verstopft.

Gleichwohl kann natürlich auch nicht behauptet werden, daß die Kontrolle der Wahl der Sinne durch das Bewußtsein *nicht* denselben universellen Naturgesetzen unterliege, denn auch das Bewußtsein kann nichts anderes als Teil dieses umfassenden Ganzen sein.

Es ist aber sehr wohl ein großer Unterschied, ob ich von etwas behaupte, daß es keine Wirkung auf mich hat, oder ob ich behaupte, daß es eine Wirkung auf mich hat, daß ich aber dennoch aus diesem oder jenem Grund bestrebt bin, dieser Wirkung zu widerstehen, und mich mit dieser Entscheidung natürlich seelischem Leiden aussetze.

Die leidende Seele aber ist das, was uns nicht mehr nur anscheinend, sondern wirklich von den anderen Lebewesen trennt. Hier tritt die Liebe an, macht den Versuch, das Getrennte zu verbinden.

NACHBEMERKUNG

DIESES BUCH IST wie der Dieb von der Gelegenheit gemacht. Die neugegründete Freie Akademie der Jungen Demokraten in Budapest hatte mich Anfang des Jahres 1989 gebeten, über «Geschlechterrollen und das Prinzip der Geschlechter» zu sprechen. Ich habe dieser Bitte aus zwei Gründen mit Freude entsprochen. Einmal, weil das Thema mich wahrlich seit langem beschäftigt, zum anderen, weil ich es für außerordentlich wichtig hielt, über das weite Feld der Liebe gerade zu einem Zeitpunkt zu reden, als wir schon spürbar inmitten der größten politischen Umwälzungen standen. Als stünde damit die Frage dringend vor mir: wie werden wir uns in einer neuen demokratischen Rechtsordnung mit unseren völlig veralteten Vorstellungen von Liebe und Individualität zurechtfinden können. Den Vortrag habe ich dann im September 1989 vor einem überraschend zahlreichen Publikum gehalten. Das große Interesse galt natürlich nicht so sehr meiner Person als vielmehr der zur rechten Zeit aufgegriffenen Thematik. Die lebhafte Aufnahme und nicht weniger die eindeutig ablehnende Haltung meiner in diversen Wissenschaftssparten bewanderten Freunde gegenüber allem, was ich darlegte, haben mich dann verleitet, an dem Thema weiterzuarbeiten.

Doch auch im Interesse einer ausführlicheren Darlegung wollte ich mich nicht auf Gebiete verirren, wo ich mit meinem Metier nicht zuständig bin, oder zu Methoden greifen, die von meiner bisherigen

Arbeit weit entfernt sind. Ich habe deshalb den Weg lieber zurückverfolgt. Mit den Mitteln, die mir zur Verfügung stehen, habe ich versucht (wie ich es ähnlich schon in früheren Essays getan habe), die Grundlage meiner Ansichten zu umreißen, und diese Arbeit zwang mich, jene Notizen auszuarbeiten, auf deren Grundlage ich zu den Hypothesen gelangt bin, die ich im Text meines Vortrags (Kap. III dieses Buches) aufgestellt habe. Es war wie eine nachträgliche Kontrolloperation, und ich hoffe, daß dadurch auch für andere deutlicher wird, was ich warum denke und warum so und nicht anders.

Über das Risiko meines Unterfangens war und bin ich mir natürlich im klaren. Ich habe keine eigenständigen Forschungen betrieben, wollte und konnte keine Arbeit mit wissenschaftlichem Anspruch schreiben; ich denke laut nach, und das ist nach den Regeln meines eigenen Metiers ein entschuldbares Vergehen. Ich sehe auch davon ab, hier detailliert die philosophischen, soziologischen, psychologischen, sexologischen und belletristischen Werke aufzuzählen, auf die ich mich in direkter oder indirekter Form stütze und deren es natürlich unzählige gibt. Hinsichtlich dieser Werke bin ich so vorgegangen wie jeder beliebige Leser, einmal zitiere ich sie, ein andermal nicht, wiewohl ich ständig in ihrem Sinn oder ihm zuwider rede. Es wäre zweifellos ehrbarer gewesen, durch Fußnoten meine eigenen Gedanken von denen anderer zu trennen, bloß hätte ich dann auf keinen Fall den Anschein vermeiden können, daß ich trotz meines mangelhaften Wissensstandes nach wissenschaftlichen Lorbeeren strebe. Es blieb mir keine andere

Wahl, als meine Ehre mit den Mitteln der Sprache zu retten. Die in der Materie Bewanderteren werden meine versteckten Hinweise oder vorsichtigen Einwände bemerken, die ich Denkern von wahrhaft großem Ansehen an die Brust geheftet habe, und sie werden sehen, wie ich Textanleihen mit meinem eigenen Text vermengt habe.

Auch mit diesem, der Berufsehre jedenfalls genügenden, aus wissenschaftlicher Sicht aber höchst dilettantischen Verfahren möchte ich betonen, daß ich Literat bin und auch in diesem Fall nichts anderes tun konnte, als der Willkür meiner eigenen Ansichten folgend über das Wissen anderer zu verfügen und mir die sich aus der Art und Weise eines bestimmten Sprachgebrauchs ergebenden Möglichkeiten zunutze zu machen; ein Unterfangen, in dem ich nicht mehr Risiko sehe, als würde ich mich, sagen wir, eines bestimmten Jargons oder Dialekts als Ausdrucksmittel bedienen. Nichtsdestoweniger empfinde ich es als Pflicht, im Falle der als Zitat vorkommenden Texte, sofern ich deren Übersetzung nicht selbst improvisiert habe, eine Ausnahme zu machen und die Namen der Übersetzer mitzuteilen.

Ovid: Metamorphosen (Artemis Bibliothek der Antike, Zürich 1988), Dt. von Erich Rösh; *Platon:* Symposion; Politeia (Sämtliche Werke Bd. 2 und 3, Rowohlts Klassiker, Hamburg 1957), Dt. v. Friedrich Schleiermacher; *Roland Barthes:* Fragmente einer Sprache der Liebe (Frankfurt a. M. 1984), Dt. von Hans-Horst Henschen; *Michel Foucault:* Der Wille zum Wissen (Frankfurt a. M. 1977), Dt. von

Ulrich Raulff und Walter Seitter; *Longus:* Daphnis und Chloë (Leipzig 1974), Dt. von Arno Mauersberger.

Das Zitat aus *Teilhard de Chardin*, Le phénomène humaine, Paris 1955 (Dt. Der Mensch im Kosmos, München 1959), wurde für die vorliegende deutsche Ausgabe direkt aus dem Franz. übertragen.

Inhalt

Péter Nádas

Péter Nádas, geboren 1942 in Budapest, wurde im Alter von sechzehn Jahren Waise. Er machte zuerst eine Fotografenlehre. Ein späteres Chemie-Studium brach er ab und arbeitete als Fotoreporter und Journalist. 1967 veröffentlichte er einen ersten Band mit Erzählungen. Heute gehört Péter Nádas zu den wichtigsten europäischen Schriftstellern. 1992 erhielt er den *Kossuth-Preis*, die höchste ungarische Auszeichnung für Kunst und Literatur.

Buch der Erinnerungen *Roman*
Deutsch von
Hildegard Grosche
312 Seiten. Gebunden und
als rororo 22581

Der Lebensläufer *Ein Jahrbuch*
Deutsch von
Hildegard Grosche
400 Seiten. Gebunden und
als rororo 22584

Liebe *Eine Erzählung*
Deutsch von
Christina Viragh
128 Seiten. Gebunden und
als rororo 22579
So radikal, so bestürzend hat Péter Nádas über die Unmöglichkeit der Liebe nie wieder geschrieben.

Heimkehr *Essays*
rororo 22577
Der vorliegende Band enthält eine Auswahl der wichtigsten Arbeiten aus Nádas' umfangreichem essayistischem Werk.

Ende eines Familienromans
rororo 22582

rororo Literatur

Minotauros *Erzählungen*
Deutsch von Hildegard
Grosche, Agnes Relle,
Christian Polzin u.a.
304 Seiten. Gebunden und
als rororo 22580
«Ein Autor von hohem Rang.» *Marcel Reich-Ranicki im «Literarischen Quartett», ZDF*

Von der himmlischen und der irdischen Liebe
Deutsch von Magda Berg
und Dirk Wölfer
208 Seiten. Gebunden und
als rororo 22583
«Denn es ist bestimmt noch niemand der Liebe entronnen, und es wird ihr keiner entgehen, solange es Schönheit gibt und Augen, die sehen.» *Péter Nádas*
«Ein wunderbar weises Buch.» *Brigitte*

Ohne Pause *Drei Stücke*
rororo 22578

Péter Nádas /
Richard Swartz
Zwiegespräche *Vier Tage im Jahr 1989*
rororo aktuell Essay 13277

Imre Kertész

Imre Kertész, geboren 1929 in Budapest, wurde 1944 nach Auschwitz deportiert und 1945 in Buchenwald befreit. Seit 1953 lebt er in Budapest als freier Schriftsteller und Übersetzer. Er schrieb Romane, Erzählungen und Theaterstücke und wurde mit mehreren Preisen ausgezeichnet.

Roman eines Schicksallosen
Deutsch von
Christina Viragh
288 Seiten. Gebunden und als rororo 22576
«Ohne der Versuchung zu Superlativen nachzugeben: Kertész hat mit seinem Roman mehr als nur ein Buch geschrieben. Er hat mit sparsamsten Mitteln eine Sprache gefunden, die vieles verschweigt, aber alles sagt. Da legt einer Zeugnis ab, für den Leiden und Leben identisch sind. Im Schmerz erfährt er Wahrheit. Im Unglück ahnt er so etwas wie Glück.»
Süddeutsche Zeitung
«Ein literarisches Meisterwerk.» *Der Spiegel*

Galeerentagebuch
Deutsch von
Kristin Schwamm
320 Seiten. Gebunden und als rororo 22575

Der Holocaust als Kultur
Essays. Mit einem Vorwort des Autors
rororo 22571
Kertész wagt es als Überlebender von Auschwitz, Holocaust und Moderne, Totalitarismus und Freiheit zu Ende zu denken.

rororo Literatur

Die englische Flagge
Erzählungen
rororo 22572
Die Erzählung führt zurück ins stalinistische Ungarn der 50er Jahre und erzählt die Geschichte eines Mannes, der vergeblich versuchte, sich mit dem System zu arrangieren, um sich schließlich für Jahrzehnte in ein selbstentwortenes geistiges Leben zu flüch-ten. Imre Kertész' Erzählungen sind Bausteine in seinem Lebenswerk, ihr autobiographischer Hintergrund ist offenkundig.

Kaddisch für ein nicht geborenes Kind *Roman*
rororo 22574
Eine «Todesfuge in Prosa, die in ihrer ergreifenden Schönheit noch einmal das geistige Erbe des Abendlandes aufleuchten läßt, bevor es im Grauen von Auschwitz untergeht». *Neue Zürcher Zeitung*

Ich – ein anderer *Roman*
Deutsch von Ilma Rakusa
128 Seiten. Gebunden und als rororo 22573

3711/2